新 潮 文 庫

とける、とろける

唯 川　恵 著

目次

とける、とろける

来訪者

駅前にあるスーパーの陳列台から、博子《ひろこ》はパックに入った鯖《さば》の塩焼きと、ポテトサラダを買い物カゴの中に放り込んだ。これで十分だ。あとは家の冷凍庫にあるごはんをチンして、インスタントの味噌《みそ》汁《しる》に湯を注ぐだけで、夕食は完成する。隣の鮮魚や食肉コーナーには「今夜は鍋《なべ》に決まり！」と、小さなプレートが立てられている。食卓に鍋が登場したのはいつだったろう。去年か、おととしか。出番のなくなった土鍋は、シンク下で埃《ほこり》をかぶっている。

ついでだから、明日の夕食の分も買ってしまおうか。そうすれば一日家から出なくて済む。出るとなれば、近所の眼もあるので、少しは化粧もしなければならない。化粧をすれば落とさなければならない。面倒くさい。

そんなことを考えながら、惣菜《そうざい》の前に立っていると、声を掛けられた。

「博子？」

博子はゆっくり顔を向けた。一瞬、誰だかわからなかった。

「やっぱり博子だ。さっきからそうじゃないかとずっと見てたの。私のこと、もう忘れちゃった？」

困ったような表情で、相手は右にわずかに顔を傾けた。

「やだ、美里《みさと》じゃない」

博子は思わず声を上げていた。美里は、学生時代に仲のよかった友人のひとりだ。

「ひさしぶりねえ。こんなところで会うなんてびっくり」

「ほんと、すごい偶然」

美里はあの頃と少しも変わらない。肩までのストレートの髪も、笑うと右頬に見えるえくぼも、おっとりした物言いも。

「この辺りに住んでるの？　私はここから歩いて五分ほどのマンションなのよ」

「私は一年ほど前にこっちの官舎に引っ越して来たの。児童公園の裏にあるんだけど」

博子は頷《うなず》いた。

「ああ、あれね。もちろん知ってる、りっぱな建物だもの」

「でも、すごく古くて、いろいろ不便もあって大変なのよ」

近頃、公務員の過剰優遇に対しての風当たりは強い。そのせいもあってか、美里はさかんに「大したことはない」を連発した。それはともかく、美里が数年前、公務員と結婚したことは風の噂《うわさ》で聞いていた。

美里が博子の左手薬指に目をやった。

「博子も結婚したのね」

「もう三年になるかな」

「ぜんぜん知らなかった。卒業してもう十年だものね。ねえ、せっかくだから、今度ゆっくりお喋《しゃべ》りしない？」

「もちろんよ。よかったら今からどこかでお茶でも飲むなんてどう？」

「そうしたいんだけど」

美里は申し訳なさそうに首を振った。

「ごめんなさい、主人、六時半には帰ってくるの。それまでに夕食を作っておかないと機嫌が悪くて」

「あら、大変」

美里のことだ、きっと毎晩、手の込んだ夕食を用意しているのだろう。それを裏付けるかのように、カートの中にはさまざまな食材が見える。あまりに対照的な自分のカゴを、博子は隠したくなったが今更遅い。慌《あわ》てて、言い訳した。

「今夜、うちのは出張でいないの。だから晩御飯も手抜きしちゃって。それに、うちは子供がいないから」

美里はちょっと嬉《うれ》しそうな顔をした。

「うちも子供はまだなの」

このプレッシャーは、結婚した三十過ぎの女には共通のものなのだろう。

その時、美里の携帯電話が鳴り始めた。

「あら、ごめんなさい」

美里が慌ててバッグからそれを取り出した。

「ええ、今スーパーにいるの。もう十五分ほどで帰るわ。今夜は、お鍋にしたの。いい鱈《たら》があったから。ええ、わかってる。大丈夫、もう帰るから」

美里は携帯を閉じて、また「ごめんなさい」と言った。

「ダンナ様？」

「そうなの、電話魔で困ったもの」

「仲のいい証拠じゃない」

照れたのか、美里は肩をすくめている。公務員はヒマでいいわね、などという皮肉は、もちろん言わない。

「近いうち、私から連絡してもいい？」

美里の言葉に博子は頷いた。

「もちろんよ」

そうして互いに携帯の番号を教えあった。

マンションに戻って、ひとりの夕食を終えた。

テレビではニュースをやっている。子供の誘拐、親殺し、子殺し、保険金殺人、ストーカー、痴情のもつれ――陰気な話題ばかりが続いている。

テーブルに出したままになっている食器やカラのパックを片付ける気にもなれず、博子はぼんやり見続けている。

することなんて何もない。いや、しようと思えばさまざまにあるのだが、今しなければならないことは何もない。トイレの掃除も、新聞をまとめるのも、ブラインドにたまった埃を落とすのも、明日でも明後日でも、一週間後でも構わない。確か、昨日も一昨日《おととい》も一週間前も、同じことを考えていたと思い出し、小さく笑った。

部屋の中は散らかっているというより、何もかもが煤《すす》けて見える。掃除を怠っているだけではない何かが部屋全体を包んでいて、それは博子自身も同じだった。自分もすっかり煤けていると、博子はつくづく思う。そして、それに慣れきってしまっている自分に、もはやため息も出ない。

二十八歳で夫の昭市《しょういち》と結婚した時は、こんな生活が待っていようとは想像もしていなかった。あの時、博子にとって昭市は自分の身体の一部であったし、昭市にとっても博子が人生に欠かすことのできない存在であると信じていた。それが二年もたたないうちに、昭市は博子への愛情も欲望もすっかり失《な》くしていた。

今、昭市は会社の若いOLとの恋にうつつを抜かしている。それを隠そうとしている間は、まだ可愛《かわい》いものだった。今は開き直って、堂々と女の匂《にお》いを持ち帰り、時には朝帰りもする。

昭市の浮気は今に始まったことではない。もともと女にはだらしない性格ではあったが、結婚して一年ほどたった頃から、もうその兆候が見えるようになっていた。その度、揉《も》め、口論し、責め、詰《なじ》り、泣き喚《わめ》いた。その繰り返しに、先にエネルギーを使い果たしたのは昭市の方だ。そして昭市が選んだのは沈黙だった。今ではもう、博子を見ない、博子と語らない、昭市は博子という人間などここにいないことにしている。

結婚と同時に、少し無理して買った2LDKのマンションに、昭市は今、ただ眠るだけに帰ってくる。リビングが汚れていようが、シンクに洗い物がたまっていようが、昭市は何も言わない。昭市はここにいても、ここにはいない。博子が愛した昭市は、もうどこにもいない。

午前一時少し前、玄関ドアが開いた。

目が覚めてしまった自分に臍《ほぞ》を噛《か》みながら、博子はつい、昭市の足音に耳を澄ませてしまう。まずキッチンに行って、冷蔵庫のエビアンを飲んで、洗面所に行って歯を磨く。シャワーは浴びるのだろうか。いや、浴びない。きっと女の部屋で風呂《ふろ》に入って来たのだろう。それから寝室とは別の、いずれ子供部屋にしようとふたりで決めていた六畳の洋間に入ってゆく。昭市は、自分に必要なものはすべてその部屋に持ち込んでいる。ドアが閉まる音を最後に、夜の気配が戻ってきた。

もし、昭市が博子に持つ感情があるとしたら、たったひとつ、無関心だ。

翌日の午後、早速、美里から連絡があった。

「ねえ、うちに遊びに来ない？」

「あら、いいの？」

「外で会うのはいろいろ面倒だから、よかったら是非きて。二階のいちばん端の部屋なんだけど」

どうせ家にいても何もすることはない。この煤けた部屋にいて、一日が終わるのを待つだけだ。

「じゃあお言葉に甘えて。一時間後に」

駅前でシュークリームを買って、博子は美里の住む官舎に向かった。外壁は塗り替えられているが、聞かされた通り、建物自体はかなりの年季が入っている。エントランスにはここに住む奥様連中がたむろして、お喋りに興じていた。入ってきた博子を、興味深げな目で眺めている。家賃は安いだろうが、周りがすべて同じ公務員の家庭だと思うと、気疲れすることも多いだろう。

ドアの向こうから、美里は穏やかな笑みと共に迎えてくれた。

「いらっしゃい、どうぞ上がって」

部屋の中は、どこにでもある縦長の2LDKだが、角部屋ということで窓が広く、午後の日差しがふんだんに差し込んでいる。ベランダの向こうに、児童公園のブランコやジャングルジムが見えた。

「これ、シュークリーム。一緒に食べようと思って」

小箱を差し出すと、美里は嬉しそうに受け取った。

「ありがとう、コーヒーと紅茶と日本茶、どれがいい？」

「じゃあ、コーヒーをもらう」

ベランダに近いソファに座り、改めて部屋の中を見回した。白を基調にした家具と、花柄やレースのファブリックがさまざまに使われていて、いかにも美里の好みらしかった。ふと、ボードの上の写真に目が行き、博子はソファから立ち上がった。

旅行に出掛けた時のものだろうか。車に寄りかかって、美里と夫が幸せそうに笑っている。夫は平凡な男だったが、その腕は美里の肩に掛かっていて、美里の腕は夫の腰に回っている。

「箱根に行った時のなの」

「優しそうなご主人ね」

「そうかしら。コーヒーどうぞ」

ソファに戻り、博子はそれを口にした。

「何だか新婚さんの家に来たみたい」

「いやだわ、もう結婚して五年よ」

自分の家とは大違いだ。ここには夫婦という空気が満ちている。自分もこんな家庭を作りたかった。作れるものと、信じていた。

「博子のご主人は何をしてるの？」

「流通関係の営業よ。忙しくて、毎晩帰りは遅いし、出張は多いし、土日も接待やなんやでちっとも家にいないの。だからつい、夕食も手抜きばかりになっちゃって」

昨日のスーパーのカゴの中身を、美里は見ているに違いない。幸福な美里の前で、みじめな自分の生活を晒《さら》したくなかった。

「でも、何も文句は言わないし、私の好きなようにさせてくれるの。おかげで自由を満喫してる」

「博子こそ、幸せじゃない」

「どうだかね」

笑顔で応《こた》えながら、喉《のど》の奥に広がる苦いものを、博子はむりやり飲み込んだ。

それからしばらく、共通の友人の話題や、ここら辺りの店の情報などを交換した。こうして話していると学生時代に戻ったような気になって、久しぶりに気持ちも晴れた。

電話が鳴り始め「ちょっとごめんなさい」と、美里が立ち上がった。

「はい、私。ええ、大丈夫。だから、ゆうべ話したでしょう、学生時代のお友達と会ったって。今、遊びに来てくれているの。そんな、いいわよ、だって……そう、わかった、ちょっと待って」

美里がコードレスの受話器を持ってきた。

「あのね、主人が挨拶《あいさつ》したいって言ってるの。出てもらっていいかしら」

「え……もちろん、いいわよ」

博子は戸惑いながら、それを受け取った。

「もしもし、はじめまして、小田博子と言います。お邪魔しています」

突然のことで、しどろもどろになった。

「高木です。美里のお友達だそうで」

愛想のいい声があって、ホッとした。

「昨日、たまたまスーパーで顔を合わせたんです。お互い、こんな近くに住んでいるなんてびっくりして」

「どうぞ、ゆっくりしていってください。美里もいい気分転換になるでしょうから」

「ありがとうございます」

「ちょっと美里と代わっていただけますか」

「はい」

博子は美里に受話器を差し出した。美里がそれを耳に当てる。

「ええ、わかってる。後はいつも通りよ。四時半には買い物に出るから。わかってます、大丈夫だったら。ええ、それじゃ」

受話器を戻し、ソファに座る美里に向かって、博子は思わず言っていた。

「ご主人、本当に電話魔みたいね。昨日も買い物の途中に掛かってきたものね」

美里は肩をすくめて、手元のコーヒーカップに目を落とした。

「そうなの、困ったものなんだけど」

「それだけ愛されている証拠じゃない。電話の声も優しそうだった。その上公務員で生活は安定してる、そんなダンナ様、そうそういないわよ」

「そうね、確かにいないかもしれない」

美里はわずかに頷《うなず》いた。


その夜、昭市は帰って来なかった。

女のところに泊まってくるのだろう。いつものことだ。今更、そんなことぐらいで傷ついたりしない。ただ今夜は、夫から一身に愛されている美里の姿が蘇《よみがえ》り、自分の置かれた立場があまりにみじめたらしく、なかなか寝付くことができなかった。

帰り際《ぎわ》、ちらりと見えた寝室の、巨大なベッドの上で、美里は夫からどんな愛撫《あいぶ》を受けているのだろう。それを想像すると、胸を掻《か》き毟《むし》られるような欲望が溢《あふ》れ、何度も寝返りを打たなければならなかった。

昭市とはもう一年以上、セックスはない。寝室も別になり、顔を合わせるのは朝のほんの三十分足らずだ。その短い時間で交わす言葉も、これ以上簡略化できないくらい短い。

夫に見捨てられた妻がしなければならないことぐらい、博子にもわかっている。仕事を見つけ、自立し、もう一度人生をやり直す。

離婚を口にしたこともあるが、驚いたことに、昭市は応じなかった。仲人《なこうど》が昭市の将来にとって重要な上司だということもあるだろう。マンションの頭金を博子の両親が出したということもあるだろう。世間体や金銭的なものを含めて、離婚は自分にデメリットしかもたらさないと考えている。そうして愚かなことに、博子もまた昭市とその考えを共有しているのだった。

こんな荒《すさ》んだ生活を続けていて何の意味があるのか。けれどもそれと同じくらい、いつか昭市が家庭に戻り、穏やかに暮らせる日が来るのではないか、そんな埒《らち》もないことに望みをかけている。

そんな自分に、博子は時々、吐きそうになる。

一週間ほどして、また美里から連絡があった。

「よかったら、またお喋《しゃべ》りしない？」

今度はこちらに招待するのがマナーだろうと思ったが、孤独と無関心が染《し》み込んだこの部屋に、とても美里を招き入れる気にはなれなかった。

「ねえ今日は外で会わない？　近くにお洒落《しゃれ》なティールームがあるの」

美里は遠慮がちに答えた。

「それもいいんだけど……よかったらうちに来てくれないかな。二度目じゃ退屈かもしれないけれど」

「ううん、そんなことない。でも続けてじゃ悪いから」

「私はその方が助かるの。よかったら是非そうして、待ってるから」

もちろん博子にとってもその方が有難い。今日はクッキーを買って訪ねた。

前と同じように他愛《たわい》ないお喋りを続けたが、驚いたのは、博子がいる三時間ほどの間に、美里の夫から二度も電話があったことだ。用事というわけではなく、美里も「ええ、家にいるわ。いつものように四時半にスーパーに行くから」などと答えている。

さらに驚いたのは、それからひと月ほどの間に、週に一度の割合で美里の家を訪ねるようになったのだが、その度、電話がかかってくることだった。

もうすっかり慣れ親しんでしまった美里の家のソファに座り、夫からの電話を切った美里の背に、博子は冗談めかして言った。

「それじゃまるで監視されてるみたいね」

振り向いた美里の表情を見て、博子は自分が言い当ててしまったことを知り、慌《あわ》てて言い繕った。

「ごめんなさい、そんなつもりじゃなかったの」

「いいのよ、本当にそうだもの。私、毎日、夫に監視されているの」

口にしたことで、美里は却《かえ》って気が楽になったらしい。ソファにゆったりと身体《からだ》を沈ませた。

「もうわかってるだろうけど、夫は毎日、二時間おきに電話を掛けてくるの。私が家にいようと、外にいようと」

「すごいわね。でも、携帯を持っていればどこでも行けるんだから、監視ってことはないでしょう」

「私の携帯にはGPS機能がついてるの。今、私がどこにいるか、夫はいつもチェックしてる」

「へえ……」

「実家に泊まるのだって大変。夫は私の携帯に電話するだけじゃなくて、実家にも直接電話して来るの。それで私が本当に実家にいるのか、確認するの。だから最近、実家にも帰ってないくらい」

「そこまでやるとはね」

「もともと嫉妬心《しっとしん》が強くて、束縛するタイプだったけれど、ここまでとは思わなかった。前はそれが愛情に思えたんだから、私も若かったのね。一時は離婚も考えたのよ。でも、そのこと以外は本当にまじめで、文句のつけようがないいい人なの。みんな、すごく夫のことを褒《ほ》めるし、うちの両親なんか、私が前にぽろっと離婚なんて口走った時、本気で怒り出したもの」

この話をどう続ければいいものか、博子は迷った。美里に同情するべきか、夫を非難するべきか、それとも笑い話にすり替えるか。気まずくなりたくない。できるなら、深刻な話にしたくない。

「そこまでされると、さすがに大変かもしれないけど、つまりご主人、美里にベタ惚《ぼ》れってことなんだから、やっぱり幸せなのよ」

「でもね、今だから言うけど、一時は私、ちょっとおかしくなって病院に通ったこともあったのよ」

思惑通りにはいかず、話はどんどん粘着性を帯びてくる。

「え……今はすごく元気そうだけど」

「それはね」

言いかけて、美里は口籠《くちご》もった。顔を向けると、美里は口元にいくらかだらしないような笑みを浮かべ、博子を上目遣いで眺めた。

「あら、なに？」

「ねえ、今から言うこと、絶対内緒にしてくれる？」

博子は大きく頷《うなず》いた。

「もちろんよ。美里がそう言うなら決して誰にも喋らない。でも、何なの？」

「あのね」

美里の唇に、秘密を打ち明ける時特有の、躊躇《ためら》いと高揚が浮かんでいる。

「私、恋人がいるの」

博子は思わず美里の顔を見直した。

「彼がいるから、夫にあんなに束縛されても、こうして平静に暮らしていられるの」

美里の目の焦点がわずかにずれ、弛緩《しかん》したように濡《ぬ》れてゆく。

彼と出会ったことは、私のすべてを変えてくれた。彼は優しくて、思いやりがあって、私のいちばんの理解者よ。何より、彼とのベッドは最高なの。私は、自分の身体がこんなふうになるなんて知らなかった。今まで経験したこともないくらい気持ちいいの。ううん、そんな言葉じゃ足りないわ。快感のあまり、何度も気を失ってしまうくらい。彼を知ってわかったことがある。セックスにいちばん邪魔なのは羞恥《しゅうち》だってこと。私はもう、彼の前で恥ずかしいことなんて何もない。彼とならば何でもできる。彼の手に掛かると、私はどんな淫《みだ》らなことも平気でできるの。私ったら、彼とするといつも身体中の水分がすべて失われてしまうかと思うくらい濡れるのよ。ねえ、博子はそんな経験ある？　シーツがね、お風呂《ふろ》上がりのバスタオルぐらいびっしょり濡れてしまうなんてこと。

「彼とはどこで会うの？　だって居場所はいつもご主人に知られているんでしょう」

ここよ、彼はこの部屋に来るの。

「ここに？　近所は知ってる人ばかりじゃない。エントランスはいつも奥さんたちがたむろしてるし、この部屋はいちばん奥だからたくさん部屋の前を通らなくちゃならない。バレないの？」

でも、彼はちゃんと誰にも見られずやってくるの。

「非常階段とか、そういうこと？」

わからない、でも、誰にも知られていないことだけは確か。

「彼は、何をしている人なの？」

さあ。でも、そんなことはどうでもいいの。サラリーマンでも、仕立て屋でも、犯罪者でも、そんなこと私は構わない。彼は彼だから。

「そんな人と、どこで知り合ったの？」

さっき、病院通いをしていたと言ったでしょう。そこで私、顔見知りになった女性がいるの。彼女は、夫にひどい暴力を受けていて、心も身体もぼろぼろになっていた。その彼女から、彼の存在を教えてもらったの。彼女も、別の人から紹介されたと言っていた。暴力を受けている彼女は、彼だけが自分にとって唯一《ゆいいつ》の救いだって、いつも言ったわ。だから今まで耐えて来られたって。私は彼女が羨《うらや》ましかった。心の底から。私の夫は確かに暴力はふるわないけれど、束縛も暴力よ。ゆっくりと殺されてゆくような。もし、私にも彼みたいな人がいたら、きっとこの生活に耐えられる。そのことを口にしたら、彼女、言ってくれたの、じゃあ彼に話しておくって。あなたを訪ねるように言っておくって。そうしたら、本当に彼が来たの、この部屋に。

「何だか信じられない話ね」

ええ、私だって信じられなかった。

「お金とか、そういうの払うの？」

まさか。彼は私をたっぷりと愛してくれるだけ。でも、私の嫌がることは決してしない。もちろん、彼に対して、嫌だと思うようなことは何もないんだけど。

「幾つ？」

二十代の後半かしら。でも、見ようによっては四十歳近くにも感じるわ。繊細でしなやかな身体をしていて、顔は優しげで、いつも静かに、それでいてとても淫らな笑みをたたえているの。

「そう……」

ねえ、博子は経験したことがある？　身体中の骨が砕けて、自分というものがなくなってしまうようなあの瞬間。死んでもいいくらいの快感よ。もしかしたら、その時、私は本当に死んでいるのかもしれない。

今夜も昭市は遅く帰って来た。

ドアを開けると、一通りの手順を踏んで、自分の部屋に入ってゆく。

ベッドの中で、手も足も、ヴァギナも冷たく凍り付いている博子のことなど思い出しもしないまま、穏やかな眠りにつくのだろう。

美里が夫から束縛という暴力をふるわれているのであれば、博子は無関心という暴力をふるわれている。身体は傷《いた》められなくても、その中にあるすべての器官は血を流し、苦痛の叫び声を上げている。

何故《なぜ》こんなことになってしまったのか。

その答えを見つけることにさえ、博子は疲れ果てている。たとえ答えを見つけても、その先にあるのはまた「何故?」ということも知っている。今夜もまた、身体を絞り上げるように縮めて、固く目を閉じるしかない。

それからしばらく、美里からの連絡が途絶えた。

自分から電話をすればいいと思いながら、博子はなかなかその決心がつかずにいた。興味は尽きないくせに、美里から恋人のことを聞かされたくなかった。

それが嫉妬だとわかっている。果てのない快楽を与えてくれる恋人を所有している美里に、博子は深く嫉妬している。

あの日以来、博子は毎夜、美里と恋人がまぐわう姿を思い描きながら、寝返りを繰り返している。

今日もまた、美里は恋人と、汗と体液でたっぷり湿った身体をこすり合いながら、死んでもいいと思うほどの瞬間に行き着いたのだろうか。あえぎ声と、ベッドの軋《きし》みと、ヴァギナから発する淫《みだ》らな音が、博子の耳にも聞こえてくるようだ。

それに較《くら》べ、この気が遠くなるような孤独なベッドの上で、自分はいったい何を待っているのだろう。いつか昭市がドアを開け、猛々《たけだけ》しい欲望に満ちた目で、博子のパジャマを剝《は》ぎ取り、ショーツを脱がすのももどかしく、ペニスを押し込んでくるとでも思っているのか。

もし自分にもそんな男がいたら……それを思うと、昭市への憎しみだけで乗り切れたはずの夜が、いつか、はっきりとした欲望にすりかわっているのを感じる。この身体を快楽で満たす男を、自分がどれほど欲しているか、この硬く凍った洞穴を、柔らかく溶かすペニスをどれほど求めているか。

半月ほどが過ぎ、思い切って自分から美里に電話をしてみたが、コールの後はすぐに留守のメッセージに切り替わった。携帯電話も同じだった。

その状態が三日続いてから、博子は夜に電話を入れた。夫は六時半には帰ってくると言っていた。夫がいる間なら、美里は必ず家にいるはずだ。

夜の八時近くに電話を入れると、返って来たのは夫の声だった。

「私、小田博子と言います。美里さんの学生時代の友達です。ご主人と、以前、電話で少し話させてもらった者です」

「ああ」

美里の夫は思い出したようだ。

「美里さん、いらっしゃいますか」

「いや、ちょっと外出してます」

「いつ頃お帰りでしょう」

「さあ、ちょっとわからないですね」

「ここのところ、ずっといらっしゃらないんですけど、ご実家ですか？」

「違います、じゃあこれで」

美里の夫は、これ以上の詮索《せんさく》は許さないといった口調で、話を切り上げた。

おかしい。どう考えてもおかしい。美里がこんなに長い間いないなんて変だ。あの束縛夫が、そんなことを許すはずがない。

恋人と逃げたのか。

最初に浮かんだのはそれだった。息の詰まる暮らしの中で、恋人が美里にとってどんな重要な存在であったか。安定した生活や、近所の手前や、両親の期待がどうでもよくなる瞬間は、たぶん、死んでもいいと思えるあの瞬間と同じライン上にある。美里がついに夫に見切りをつけて、恋人とそうならないと誰が言えるだろう。

「博子、私よ。美里」

昼過ぎ、ぼんやりテレビを観《み》ていると、電話が掛かって来た。博子は一瞬、声が出なかった。

「ごめんなさいね、急にいなくなったから、心配してるんじゃないかと思って」

美里の声に、博子はようやく落ち着きを取り戻した。

「そうよ、心配してたんだから。ご主人に電話しても何も話してくれないし。今どうしているの？　家にいないの？　もしかして彼と一緒なの？」

博子の矢継ぎ早の質問に、美里はおっとりと答えた。

「それがね、病院にいるの」

意外な答えが返って来た。

「病院って、どこか悪いの？」

「言ったでしょう、以前、ちょっと情緒不安定になって通っていたことがあったって」

「でも、もうすっかり治ったって」

「そうよ、治ってる。もう何も問題はないの。なのに主人に無理に入院させられたの。毎日、二時間おきに電話で居場所を確認するだけじゃ納まらなくて、病院なら一日中監視できると思ったのね」

「ひどい、そこまでするなんて」

心底、怒りが湧《わ》いた。

「そうでしょう、私なんかより主人の方がよほど異常なのに、誰もそのことをわかってくれないの。今もね、優しい看護師さんに無理に頼んで、こっそり博子に電話を掛けさせてもらったの」

「私に何ができる？　ご両親に連絡しようか、それとも福祉センターとか、よくわからないけど、そういうところに相談に行ってあげようか」

「ありがとう、でもいいの、ここの生活もそう悪くないってわかってきたから」

「どうして……」

「だって、彼もちゃんと来てくれるし」

　びっくりした。

「病院なのに？」

「ここならベッドに不自由しないわ」

　ふふ、と耳元に美里の柔らかい笑い声があった。

「実はゆうべもね、すごかったのよ。彼ったら本当にタフで、もう私、あそこが擦り切れちゃうんじゃないかと心配になったくらい激しいの。彼がいてくれるなら、それでいいの。私は病院だって刑務所だって平気で生きてゆける」

　その声に、どこか清々《すがすが》しささえ感じられて、博子は思わず絶望的な気分になり、その場に座り込んだ。

「もしもし、博子、どうかした？」

「美里が羨ましい……」

　思わず口にしていた。それはまるで泣き声のように自分の耳に届いた。

「どうしたの？」

「幸せなふりをしていたのはみんな嘘《うそ》。私なんか、もうずっと前から夫に見捨てられている。毎夜、自分を持て余してベッドの中で丸まっているだけ。このままだったら私、気が変になるかもしれない」

「博子……」

「今まで、それでも何とかやり過ごして来た。でも、美里から恋人のことを聞かされて、私ったら、みっともないくらい嫉妬《しっと》して。羨ましくて羨ましくてならなかった」

「そう……」

美里の声はあくまで穏やかだ。そこに嘲笑《ちょうしょう》も、ましてや同情も感じられない。

「彼にあなたのことを話しておく」

唐突に美里は言った。

「え……」

「きっとあなたのところにも彼は行くわ」

「何を言ってるの、その人は美里の……」

「大丈夫、何も心配しなくていいの。彼は私のものじゃない、私たちのような女みんなのものなの。来て欲しいって望めば必ず来てくれる。彼はね、そういう男なの」

「まさか」

「本当よ、心から望めば、必ず来るわ」

その夜、美里の夫から連絡が入った。

「看護師から、美里があなたに電話したことを聞きました。連絡先を控えておいて欲しいと頼んでいましたので、不躾《ぶしつけ》だとわかっていながらお電話させていただきました」

「そうですか。何の御用でしょう」

博子は素っ気なく答えた。こんな男とは口もききたくない。

「美里の入院の件を、他言しないでいただきたいのです。これは私だけでなく、美里の両親の願いでもあります」

ますます腹が立った。この男は、美里の身体《からだ》のことよりも、自分の体面を考えている。

「しません、するわけないじゃないですか。それより、美里を病院に閉じ込めるってどういうことですか。ご両親を味方につけているようですけど、これって人権侵害なんじゃないですか」

美里の夫はしばらく口籠《くちご》もった。

「あなたは、何か誤解されてる」

「誤解？」

「美里はもう入院するしかない状態なんです」

「よく言うわ、美里はもう治ったって言ってるじゃないですか」

「主治医の診断書もあります。そこまで言われるならお見せしたって構わない」

夫の冷静な口調に、一瞬混乱しそうになる。

「もし、そうだとしたら、あなたがそこまで美里を追い詰めたんですね。二時間に一回電話して、GPS機能のついた携帯電話まで持たせて、どこに行くのも監視して。そういう束縛に美里は耐えられなくて、心のバランスを崩してしまったんだわ」

「それは違う。逆です。美里がそういう状態になったから、私はそうするしかなかったんです。日中、ひとりにしておくと何をしでかすかわからない、それが心配で仕事をしていてもじっとしていられなかった」

「それじゃ、美里の言っていることは全部嘘だと？」

「嘘と言うより、美里は今、現実と妄想の区別がつかなくなっているんです。美里があなたに何を言ったか知らないが、信じないで欲しい、いや、すべて忘れてください。もう美里はまともじゃない」

電話を切って、博子はしばらく惚《ほう》けたように立ち尽くしていた。

異常なのは夫ではなく、美里の方だというのか。それなら、美里の言っていた男も存在しないのか。美里が作り出した妄想だというのか。

博子はゆっくり寝室を振り返った。

では、そこにいるのはいったい誰なのだ。

ついさっき、博子を訪ねて来た男がいた。男が誰であるか、博子は瞬《また》く間に理解した。

博子は寝室のドアを開けた。ベッドの端に腰を下ろして、男が博子を見上げている。繊細で、しなやかな身体を持ち、唇に静かな、それでいてたまらなく淫らな笑みを浮かべている。美里が言っていた通りの男だ。

あなたは誰？

聞こうとして、博子は言葉を飲み込んだ。

この男が誰であろうと、どうでもいい。実際にここにこうして座っている。そうして、この男が博子の身体にぽっかりあいた凍えた洞穴を埋めてくれるというなら、何を躊躇《ためら》うことがあるだろう。

男が手を伸ばした。

博子もまた、これから男と味わうすべてのことに思いを巡らせ、恍惚《こうこつ》と不安に震える指先を、静かに差し出した。

みんな半分ずつ

パソコンのキーボードに載せた指が止まっている。

止まっていることに気づきながらも、弓枝《ゆみえ》はどうすることもできない。

画面には3D・CGソフトを使った立体的な部屋の様子が映っている。今秋に完成する賃貸用のデザイナーズマンションだ。

全十二戸。斜面に建つ個性的な外観に合わせて、室内のデザインも凝る。弓枝にとって大きな仕事だった。チャンスでもあった。パンフレットには弓枝の名前も載る予定だ。マンションが話題になれば、仕事の幅も広がるだろう。

部屋という決められた空間を、顧客の要望を取り入れながら埋めてゆく――キッチンやトイレや洗面所といった水廻りの仕様、壁紙、フローリング材、ドアの取手に照明。時にはソファやカーペットまで――それが弓枝の仕事である。

かつてはインテリアデザイナーと呼ばれたが、今ではインテリアスタイリストと肩書きを付けられることが多い。仕事内容に大した変わりはなく、何となくその方が客受けがいいというだけのことだ。

今から六年前、同業の夫、康人《やすと》と事務所を立ち上げた。

康人とは大学からの付き合いで、年も同じ三十七歳。増築やリフォームなどを引き受けながら、何とか地盤を固めて来た。最初は住宅ばかりを扱っていたが、近頃はレストランやセレクトショップという店舗の仕事も増えている。

仕事は順調だった。互いに力を合わせてここまでやって来た。働くことは好きだったし、康人とふたり、自分たちの事務所を守り立てていくことに生きがいも感じていた。

デザインの締め切りは一週間後だ。まだ半分も仕上がっていない。それなのに凍りついたように指は動かない。

「先生、コーヒーでもいれましょうか？」

その声に顔を上げると、ドアに近いデスクからぎこちない笑顔が向けられた。アシスタントの典子《のりこ》である。

「そうね、もらうわ、ありがとう」

典子はここに来て四年になる。二十六歳。まじめで、腕もいい。小さな工務店で働いていたのを、弓枝が見込んで引き抜いた。センスのよさと気遣いは期待以上で、今は弓枝の片腕となって働いてくれている。

典子がキッチンに消えると、否応《いやおう》なしに目の前の空間が視界に飛び込んでくる。事務所の片側、ちょうど半分、そこには何もない。先週末まであった康人のデスクとキャビネットは消え、こまごましたもの、ゴミ箱や書類の山、壁に掛かっていたカレンダーもなくなっている。

ずいぶん前から準備されていたのだろう。こっそりと適当な事務所を探していたのだろう。

何も知らないまま、月曜日にドアを開けなければならない弓枝のことなど思いやる余裕もないままに。いや、弓枝の気持ちなど思い浮かびもしなかったに違いない。

こうしていると、ここで康人とふたり、仕事をしていた日々などなかったように思えてくる。

このがらんどうは、まるで周到に用意された証拠隠滅のようだ。

「別れたいんだ」

康人は唐突に切り出した。

金曜日の夜、一泊二日の出張を終えて、弓枝が自宅マンションに戻ったのは午後十一時を回っていた。

居間に入ると、ソファでテレビを観《み》ている康人の背が見えた。

「ただいま、めずらしいわね、こんな時間まで」

康人は、早く帰った日は八時でも九時でもさっさとベッドに潜り込んでしまう。

弓枝はキッチンに入って、冷蔵庫からミネラルウォーターのボトルを取り出そうと腰を屈《かが》めた。その時、言ったのだ。

「別れたいんだ」

「え？」

弓枝は間抜けな声を上げた。

「何？」

聞き返すと、康人は声音を尖《とが》らせた。

「何度も言わせないでくれ」

弓枝に対して、もうどんな小さな労力も払いたくない、とでもいうようだった。

「わかってたはずだ、ずっと前から」

弓枝は康人を眺め、それからゆっくりと視線を床に滑らせた。

「疲れてるの、そんな話は明日にして」

「明日、僕はもうここにはいない」

よく見ると、夫はジャケットを羽織り、チノパンをはいている。

「今夜、出てゆくから」

「出てゆくって、どういうこと？」

「言葉通りだよ。もう僕の荷物はまとめて運び出した」

「そんな……私のいない間に」

「面倒なことになりたくなかったんだ。あとのものはどうとでも処分してくれ」

「そんな卑怯《ひきょう》な真似《まね》をするの？」

「罵《ののし》られるのは覚悟の上だよ」

そしてソファから立って自室に入り、予《あらかじ》め用意しておいたのだろう、すぐにスーツケースを手にして戻って来た。

「じゃあ」

弓枝は何か言おうとしたが、言葉が出なかった。掛ける言葉がなかったわけではない。この期《ご》に及んで、何を言ってももう康人を引き止めることはできないと、更に確信しなければならないのがつらかっただけだ。

康人が言う通り、わかっていた、この日が近付いていることはもうずっと前から。もしかしたら、康人よりも早く。美希《みき》が事務所に来たあの日から。

「あんまりですよね、こんなの……」

コーヒーを弓枝のデスクに置き、呟《つぶや》く典子の声は涙混じりだった。

そうね、と頷《うなず》こうか、いいのよ別に、と強がろうか。でも、どっちにしても典子には同じに聞こえるだろう。

別れは予感していたが、まさかこれほどあからさまなやり方をされるとは思ってもいなかった。金曜日の夜に出て行ったまま、康人は土曜も日曜も帰って来なかった。連絡ひとつよこさなかった。こちらから携帯に掛けても、電源が切られているのか、いつも留守電の機械的なメッセージが耳に届いた。

それでも週明けに事務所で顔を合わせれば、もう少しまともな会話が出来ると思っていた。

「美希ちゃんもひどい。あんなに先生に可愛《かわい》がってもらってたのに」

典子が唇を嚙《か》み締める。

その気持ちを有難く感じながらも、他人の不幸を心から悲しめる立場にある典子のことを、かすかに憎みそうになっている自分に気づき、嫌気が差す。

弓枝はコーヒーカップを手にし、慎重に言葉を選んだ。

「典子ちゃんにまで迷惑を掛けるようなことになってごめんなさいね。正直なところ、私も気持ちが混乱していてどうしていいかわからないの。でも、とにかく仕事だけはきちんとしようと思ってる。だから今はそれに集中したいの」

「はい」

洟《はな》をすすり上げながら頷いて、典子は自分のデスクに戻って行った。

弓枝は再びパソコンの画面に目をやった。

それでも、指は強張《こわば》ったまま動かない。

美希は三年前、この事務所にやって来た。まだ二十二歳だった。

典子ひとりでは人手が足らなくなった時、知り合いから「いい子がいる」と紹介されたのが彼女だった。

「大学を卒業したんだけど、就職先がなくて、家事手伝いみたいなことをやってるんだ。専門的な知識はないけど、若いし、頑張りはきくと思う」とのことだった。

面接で初めて顔を合わせた時、弓枝は引っ掛かるものを感じた。

それは彼女の愛らしい顔立ちでも、カットソーを盛り上げる胸の膨らみでもなかった。その目に強さと弱さが混在した、絡《から》みつくような動きを見たからだ。

美希は決してそんな目を向けたつもりはなかったろう。初めて会う弓枝と康人を前に、むしろおどおどしていたくらいだ。それでも、女には透けて見えるものがある。

どこかしら危うさに似たものを感じ、ほとんど本能のような予感で、弓枝は美希を雇い入れるのを躊躇《ちゅうちょ》した。

「よさそうな子じゃないか」

美希が帰った後、康人は椅子《いす》の背にもたれて、呑気《のんき》に言った。

「そうだけど」

「なんだ、気に入らないのか」

「そうじゃないけど」

「じゃあ、なんだ？」

「もう二、三人面接してから決めてもいいんじゃないかなって」

「どうせ大した変わりはないさ。雑用を任せるぐらいなんだから、それほどこだわらなくてもいいだろう。それに、面接も結構疲れるからな」

康人は面倒そうに言った。

その気持ちに嘘《うそ》はなかったろう。たまたま紹介され、面接に来た女の子を、アルバイト感覚で雇い入れるだけのことだと、気楽に考えていただろう。

康人は決して女にだらしない男ではない。長い生活の間には、小さな浮気ぐらいはあったかもしれないが、面倒なことになるほど深入りしたことはない。

そんな康人が、美希が事務所に通うようになって、少しずつ、けれども確実に、様子を変えていった。

「最近の若い奴《やつ》はどうしようもない、敬語ひとつ使えないんだから」

と、最初はしょっちゅうぼやいていたが、気がつくと何も言わなくなっていた。

それと重なるように、康人は弓枝のよく知らない友人や取引先の名前を出し、付き合いだとかゴルフだとか言って家を空ける時間を増やしていった。

美希が康人にコーヒーを渡す時の、ほんの一瞬絡みあう視線。仕事中の、むしろ素っ気ないほどのふたりの態度。美希の、弓枝に対する言葉遣いや対応に垣間《かいま》見《み》えるわずかながらの横柄《おうへい》さ。狭い事務所の中でのことだ。気づかない方が無理というものだった。

それでもまさか、康人が本気で弓枝と別れ、美希と共に生きることを選ぶなんて、考えてもいなかった。

康人と顔を合わせたのは、それから一週間後だ。

ようやく携帯に連絡がついた。怒りと失望は日ごとに増幅していたが、何はともあれ、ちゃんと話し合いたかった。話せば分かる、という望みもまだ捨ててはいなかった。

どうにかこうにか仕事は終えたものの、睡眠不足と疲れとで、肌はくすみ、関節はぎしぎしといやな音をたてていた。何より康人に出て行かれたダメージで、鏡を見ると、一気に十歳も歳《とし》をとってしまったようだった。

そんな顔を晒《さら》すのは抵抗があったが仕方ない。重い身体《からだ》を引《ひ》き摺《ず》るようにして、待ち合わせたホテルのラウンジに向かった。

「ここだよ」

奥まった席から、康人が手を上げ、合図を送って来た。

驚いたことに、康人は何も変わっていなかった。いつもの表情、いつもの口調で、弓枝を迎えた。そこには、すでに今の生活を日常として取り込んでいる姿があった。

「悪いと思ってるよ」

と、テーブルの向こうで康人は言った。どこか投げ遣《や》りに聞こえた。

「ひどいやり方をするのね」

「わかってる」

「いきなり家を出て行って、その上、黙って事務所まで引き上げてしまうなんて」

「何とでも言ってくれ。悪いのは僕だ。それは認めてる」

「取引先には何て説明すればいいの」

「それは僕がやる。君はどうとでも好きに言っていいよ。僕を悪者にして構わない」

「今、どこに住んでるの？　事務所の場所は？　彼女ももちろん一緒よね」

「いずれ転居通知を送るよ」

何を言っても康人は動じない。

いったい康人はいつの間に、こんな開き直り方を身につけてしまったのだろう。

コーヒーが運ばれて来た。康人は躊躇なくカップを口に運んだが、弓枝はその濃厚な香りだけで胃が痛くなった。

「当分、家賃は払うつもりでいるよ。マンションも事務所も今まで通り、きちんと半分」

「お金さえ払えば済むとでも？」

「そんなふうには思ってないさ。でも、出来るのはそれくらいだ」

それから、まるで切り札のように付け加えた。

「だって、僕たちは夫婦といっても別に籍が入っていたわけじゃないんだし」

弓枝は黙った。

「それは君が望んだことだろう」

「望んだわけじゃない」

「でも、あの時、君はそう言った」

籍なんかいいの。今のままで十分。愛し合っていればそんなもの意味がないわ。

自分の言葉が蘇《よみがえ》る。

幸せだったあの頃。お互いの気持ちが永遠に続くと信じていた。若くて、無謀で、世の中を斜めに見ていて、同時に、それがエネルギーにもなっていた。

「あなたは一生離れないって言った。死ぬまで一緒だって」

「嘘じゃないよ。あの時はそう思ってた」

「私は今も思ってる」

「残念だけど、僕は違う」

「そんなこと、よく言えるわね」

声が震えた。

「時間は人を変える。自然のことだろう。もうあの頃の僕じゃないんだ」

弓枝は思わず声を高めた。

「どうしてなの？　私たち、ずっとうまくいってたじゃない。ふたりで事務所を起こして、仕事も順調で、力を合わせて、肩を並べて、協力し合って、ずっと一緒に暮らして来たじゃない」

「対等に、かい？」

康人がかすかに目を眇《すが》めた。

「ええ、そうよ。私たちはいつだって対等に向き合って来た。何でも話し合って、納得し合って、トラブルも乗り越えて。それがこんな、こんなやり方で……」

「対等って、本当に嫌な言葉だな」

弓枝は息を呑んだ。

「特に、女の口から出る『対等』ほど、耳障《みみざわ》りなものはない」

康人の唇が歪《ゆが》んでいる。

「君にはわからないかもしれないが、女が対等って言葉を使う時は、すでに優位に立ってるって宣言してると同じなんだよ。対等なんて、男を見下《みくだ》した言葉だ」

康人と知り合ったのは十八の時だ。

入学した美大の、デザイン専攻の教室で初めて顔を合わせた。目が合い、短く言葉を交わし、その時にはもう恋をしていた。

康人とは、好きなものも嫌いなものも同じだった。欲しいものもいらないものも、望むものも切り捨てるものも、何もかもが同じで、まるで奇跡のように思えた。

一緒に暮らし始めるのに時間はかからなかった。

ふたりとも地方出身で、その頃の平均的な金額の仕送りを受けていたが、お金にはいつも汲々《きゅうきゅう》としていた。ふたりでしょっちゅう旅に出掛けていたから尚更《なおさら》だった。美術館巡りはもちろん、見たい展覧会が催されればどこにでも行った。信州に貴重な古民家が残っていると聞けば深夜バスに飛び乗り、北海道で面白い家具を作る職人がいると知れば、朝早くから空港でキャンセル待ちをした。海外にもよく出掛けた。東南アジア、オセアニア、ヨーロッパ、いつも一緒だった。

そんなふたりが共有の財布を持つようになったのは自然な成行きだった。

そこに互いに同じだけの金額を入れ、家賃や光熱費を払った。ふたりのための買い物や、食費も飲み代も旅費もそこから払った。足りなくなれば、また互いに同じ金額を財布に入れた。

小さなアパートで身を寄せ合うように過ごした、あの日々。

ベッドはシングルをふたりで使っていた。窮屈であることが幸せだった。朝は、揃《そろ》いのカップにコーヒーを注ぎ、マーガリンを塗ったパンを一切れ、半分に分けて食べた。ケーキでも、バナナでも、おにぎりでも同じだった。どんなものでも、平等に分け合った。

すべてにおいて独り占めするようなことはなかったし、相手に与えてしまうことも、委《ゆだ》ねてしまうようなこともなかった。

「はい、半分ずつ」

それは、愛してると同義語だったはずである。

美大を卒業しても同棲《どうせい》は続いた。

康人は住宅設備会社へ就職し、弓枝はデパートの家具売り場で働き出したが、いつかふたりでインテリアデザイン事務所を持ちたいという夢があった。

財布は銀行口座に変わったが、暮らし方は同じだった。互いに同じだけの金額を入れ、それで部屋を借り、生活をし、少しずつ家具や電化製品を増やし、事務所開設のための資金を貯《た》めていった。

洗濯や掃除も半分ずつ、料理や後片付けも半分ずつ。義務というより、自然なこととして身についていた。

どんなことでも、いつもきちんと話し合った。喧嘩《けんか》の時も、デザインの意見が食い違っても、迎合したり投げ遣りになったりせず、納得するまで夜を徹して語り合った。それはすべてにおいて言えることだ。買い物も、たとえクッションひとつにしても、弓枝は康人の、康人は弓枝の意見を必ず聞いた。

そう、自分たちはすべてを分かち合いながら生きて来た。

もしあの時、子供を産んでいたら……。

弓枝はぼんやり思いを馳《は》せる。

六年前、念願の事務所を開いた直後に、弓枝は身体の異変に気づいた。生理が二か月も遅れていた。妊娠検査薬を使うと、はっきりと陽性のマークが浮かんだ。

産むか、諦《あきら》めるか。

タイミングが悪かった。銀行からの借入金と、受けた仕事のバランスを考えると、その時は子供が産める状況になかった。この生活が、子供が生まれることで大きく変わってしまうという不安もあった。もっと言えば、覚悟もついていなかった。

「せっかく授かったんだから、産めばいいじゃないか。僕が何とかする。この際、籍もきちんとしよう」

と、康人から言われた時、どうして頷《うなず》いてしまわなかったのか。今となれば、自分でもよくわからない。

ふたりですでに満ち足りていたから。これ以上、望むことなど何もなかったから。望んだら、罰が当たりそうな気がしたから。

堕胎についてもまたふたりで話し合い、考えた末の結論だった。ふたりのこれからの人生を熟慮して選んだ道だった。

いつかまたチャンスはあるはずだと、当然のように思っていた。しかし、結局、子供に恵まれることはなかった。タイミングを逃したまま、籍も入れないままに過ごすことになった。

あの選択が間違いだったというのか。

産まなかった罰が当たったというのか。

でも、あれは私ひとりで決めたわけじゃない。ふたりで下した判断だ。責任は半分ずつ。なのにどうして、康人には罰が当たらないのだ——。

それから更に一週間が過ぎた。

「先生、今、電話があって……」

と、アシスタントの典子に声を掛けられ、弓枝は我に返った。

「誰から？」

尋ねると、典子はくぐもった声で答えた。

「美希ちゃんです。置き忘れたファイルがあるから取りに来たって。駅前の喫茶店にいるから持って来てくれないかって……」

「それで、ファイルはあったの？」

「はい、あることはあったんですけど。でも、何だか持ってゆくのも悔しくて。このまま知らん顔しちゃおうかなって」

「持って行ってあげるといいわ」

「いいんですか」

「仕方がないじゃない、こっちにあってもどうしようもないものだし」

それからしばらく考えて、弓枝は言った。

「いいわ、私が持ってゆく」

典子は驚いたように目を見開いた。

「先生……」

「少し彼女と話しておきたいこともあるから。ファイルはどれ?」

典子が慌《あわ》ててデスクに取りに戻った。

「これです」

渡されたものを手にし、弓枝はジャケットを羽織った。

「じゃあ、行って来るわね」


駅前の喫茶店に入ると、美希はあからさまに表情を曇らせた。まさか弓枝が来るとは思っていなかったのだろう。

それでも席から立ち上がり、近付く弓枝に殊勝な仕草で頭を下げた。

「いろいろと、ご迷惑をかけて申し訳ありませんでした」

弓枝は冷静に答えた。

「ファイルを持って来たわ。どうぞ、座って」

美希は頷き、腰を下ろす。

康人と共に出て行ってからまださほど時間はたっていないというのに、その様子には事務所にいた頃には見えなかった自信が漲《みなぎ》っていた。いや、ふてぶてしさと言ってもいいかもしれない。

しばらく無言が続いた。こうして出掛けて来たものの、面と向かうと何を言っていいのかわからない。取り乱したくないという思いが、言葉を慎重に選ばせる。

美希は大げさな仕草で腕時計に目をやった。

「あの、すみませんが、急いでこのファイルを持って帰らなくちゃいけないんです」

弓枝と話したくない気持ちはわかる。面倒を避けたい思いもわかる。しかし男を奪ったのだ。掠《かす》め取って行ったのだ。相手の女と向かい合う義務があるはずだ。

弓枝はまっすぐに美希を見た。

「私は、あなたに、康人のパートナーが務まるとは思えないの」

その言葉に、美希は一瞬にして身構えた。

「あなた、デザインのことなんか何もわからないでしょう。三年、うちにいたけれど、勉強している気配もなかったじゃない。あなただって知ってるでしょう、私たちはお互いに知恵とセンスを出し合って仕事をして来たの。その信用があったから、依頼も順調だったの。私たちはいつも肩を並べ、協力し合って、だからこそ……」

「先生って、よほど対等が好きなんですね」

揶揄《やゆ》するように、美希は話の腰を折った。

「もともと、私にそんな気持ちはありませんから。対等に暮らすだなんて、まっぴらごめんです。私は男の人に養ってもらいたいんです。今はこんな状態だから仕事を手伝ってますけど、軌道に乗ったら辞めるつもりです。家で料理や洗濯をして、康人さんの帰りを待って、いつか赤ちゃんを産んで、のんびり育てる、それが私の理想です。康人さんもそうしてくれって言ってますから」

それから、唇の両端をきゅっと上げて、意味ありげに笑った。

「先生って、ベッドの上でも対等じゃなきゃイヤだったんですってね」

指先が冷たくなった。

「自分が上になったら、次は先生が上になる。クンニをしたらフェラをされる。縛ったら縛られて、アナルを攻めたら、攻められる。いつもそんな感じで、もううんざりだって。こんなところにまで対等を持ち込むなんて、セックスを知らないって。こんなこと言っちゃ何ですけど、私なんか、私が何かする余裕もないくらい、毎晩、康人さんにめちゃくちゃにされているんです。触られて、舐《な》められて、入れられて、何度も何度もいかされて、最後はもうベッドから起き上がれないくらい。でも、それが女ってものじゃないかしら。男の前で、対等を意気がる女って、結局、女のいちばんおいしいところを味わえないまま終わってゆくんじゃないかしら」

愛しているから、愛されているから。

だから快感もオーガズムも、私たちは半分ずつに分け合っていたのではなかったのか。

康人が面倒臭そうにマンションにやって来た。

「いいのに、荷物なんか。適当に処分してくれて構わなかったのに」

部屋の中を見回しながら、口の中でぶつぶつ呟《つぶや》いている。

「そう言うけど、ここにあるものはみんな、あなたと一緒に揃えたものばかりだもの。私もどうせ引っ越すつもりだし、新しい部屋に持ってゆくにしても、とりあえずあなたの承諾は得ておきたくて。あなただって、手放してしまうには惜しいものもあるでしょう。ほら、そのオーディオなんて、すごく気に入ってたじゃない」

康人はちらりと目を向けた。

「そりゃあ、まあ」

それから探るような目を向けた。

「いいのか、僕がこれを持っていっても」

弓枝は頷く。

「ええ、その代わり、テレビを貰《もら》うから。値段も同じくらいだったし」

「そうだな」

「そうやって揃えた時と同じように、ここにあるものはみんな半分ずつにしましょう。それで残ったものは処分に回すの。それでどう？」

「わかった。そうしよう」

それからふたりは、家の中のものをひとつひとつ、平等に配分した。ソファセットは弓枝に、ダイニングセットは康人に、ワイングラスは康人に、シャンパングラスは弓枝に。居間のリトグラフは弓枝に、寝室の油絵は康人に。冷蔵庫と洗濯機は処分して、チェストは康人、カーペットは弓枝――。

みんな半分ずつ。

ずっとずっと、ふたりで暮らしてゆけると信じていた。それなのに、康人はいつの間にひとりで違うところに行ってしまったのだろう。

「居間の押入れをお願い、私はキッチンを見るから」

「わかった」

キッチンに入って、弓枝は流しの下のドアを引いた。

包丁が二本、パンナイフが一本、ペティナイフが一本。

これを買った時のことを思い出す。わざわざかっぱ橋まで出掛けて、デザインと機能性をああでもないこうでもないと議論し、選んだものだった。

私たちはいつも一緒だった。何もかも分かち合っていた。

しかし、康人はもうここには帰らない。美希とふたり、新しい生活を始めようとしている。

私ひとりを残して。

康人が押入れからずるずると本の束を引っ張り出している。

「懐《なつ》かしいな、古いインテリア雑誌だ。捨てるのはちょっともったいないな、これも半分ずつにするか」

ここにあるもののすべては、半分が康人のものであり、同時に弓枝のものだ。

そして、それは康人にも言える。

「ええ、そうね。みんな半分ずつにしましょう」

たとえ美希と一緒になろうとも、康人の半分は、私のものだ。

康人の心も、身体も、その半分は——。

弓枝はラックから静かに包丁を引き抜いた。それからゆっくりと、康人の背後に近付いて行った。

写真の夫

今となってみれば、どうしてあんな男と結婚したのだろうと、友恵《ともえ》は自分が不思議でならない。

確かに、かつては忠行《ただゆき》が幸福の象徴のように見えた。この人と結婚すれば、自分の今までの不運な毎日にケリがつけられると思った。忠行の、善良で、穏やかで、勤勉で、どこか少年ぽさを残した仕草は、すれっからしの自分の中にも、まだかすかに残っているはずの「健気《けなげ》さ」を引き出してくれるに違いないと感じた。

けれども三年たった今、友恵は退屈のあまり、時折、大声を上げたくなる。このまま忠行と暮らしてゆくことは、まるで皮膚を一枚ずつはがされてゆくのと同じに思えた。

「じゃあ、別れるつもりなの？」

カウンターの向こうで、呆《あき》れたように姉の希代子《きよこ》が言った。

「もちろん」

友恵は当然のように頷《うなず》く。

「まだ三年しかたってないじゃないの」

「三年やれば十分よ」

「あっちの方はどうなのよ」

友恵は身震いするように首を竦《すく》めた。

「そんなもの、ぜんぜんよ。触られるのを想像しただけでうんざり。女ってものをまったく知らないの。下手は一生、下手のままだってことがよくわかったわ」

姉は深く息を吐いた。

「夫婦なんて、そんなものじゃないの」

「もう限界」

「もしかして、あんた、男ができたの？」

「違うわよ」

姉は疑いの目を向けたが、すぐに小さくため息をついた。

「しょうがないわね、それで、別れてどうするのよ」

姉は新橋でスナックを経営している。十人も入れば満員になる、カウンターだけの小さなスナックだが、常連客もついて結構繁盛《はんじょう》している。

「また、ここで雇ってくれる？」

「あんたはすぐ客とややこしいことになるからねえ」

姉は煙草《たばこ》を手にして、火をつけた。友恵も一本抜き取った。

五歳上の姉とは、面差《おもざ》しが似ているとよく言われる。確かに、体質や食べ物の好みも似ているが、男に関してだけはまったく違う。一言で言えば、姉は見かけによらず慎重であり、友恵は見かけ以上に奔放だ。店で働いていた頃も客と恋愛関係に陥り、トラブルを起こしたことも一度や二度ではなかった。

「しないわよ、そんなこと」

「ほんとかしらね」

「もう男はいい」

姉の希代子は、福島の田舎町から十八歳で上京し、いくつかの職を経てから水商売に入った。それから十年もしないうちに、新橋でこの店を持ち、今もそこそこ安定した経営を続けている。

友恵は高校卒業後、地元の建築会社に就職したものの、すぐに会社に出入りするひとつ年上の作業員の男の子と仲良くなり、親の反対を押し切って同棲《どうせい》した。一年ほどは楽しかったが、男の子はじきに他の女に手を出し、その不満から友恵は会社の妻子ある男と付き合い始めた。そのことが男の妻にバレ、妻が会社に乗り込んでくるというイザコザを起こし、結局、それが原因で辞めざるをえなくなった。二十歳にもならない小娘に、その倍ほども年のある女が激昂《げっこう》する様子は、誰の目から見てもみっともないはずだと思ったが、妻と愛人という状況では、友恵はやはり分の悪い立場になるしかなかった。実家に戻ってしばらくぶらぶらしていたが、近所の手前もあって、両親から「希代子んとこに行ったら」と言われた。こんな田舎町にはすっかり退屈していて、すぐに身の回りのものをまとめて上京した。

姉はその頃にはもう、新橋のクラブで働いていた。しばらく姉のマンションに居候《いそうろう》し、喫茶店のウェイトレスや本屋の店員などのアルバイトを重ねた。二年ほどして、姉が自分の店を持つことになり、それを手伝うことになった。住まいを別にしたのは、姉の希望ではなく、友恵の望みだ。姉と一緒にいたら、男もそうは引っ張り込めない。

「あんたが、忠行さんと結婚することになった時は、ほんとに、ほっとしたんだけどねえ」

姉はウーロン茶を飲んでいる。まだ開店前で客はいない。

「私だって同じよ。こんな私でも、ちゃんとした奥さんになれるって思ったもの」

友恵はビールを口にする。

忠行は店の客として現れた。最初は会社の同僚に連れられてやって来た。やたらと自分を大きく見せようと意気がる客の中で、口数が少なく、静かに笑い、同僚の話に相槌《あいづち》を打つばかりだが、決して楽しんでいないわけでもないという忠行の姿が、友恵にはどこか新鮮に見えた。

「友恵ちゃん、こいつの嫁さんになってやってくれよ。もうすぐ四十になろうっていうのに、女っ気がぜんぜんなくてさあ」

数度目に来た時、冗談めかした同僚の言葉を、水割りを作りながら「あら、私なんてとてもとても」と笑って聞き流すふりをしていたものの、忠行の情報は漏らすことなく胸のうちにしまいこんだ。

「こう見えて、こいつ、府中に親から受け継いだ一軒家と結構な株を持ってるんだ。条件としては悪くないと思うんだけどなぁ」

友恵は俄然《がぜん》、乗り気になった。

今まで男出入りはいろいろあったが、みなろくでなしばかりだった。もうまともな結婚などできないと思っていたが、自分にもチャンスは残されていた。このまま姉の店で働いていても、先に何があるわけではない。姉も、口では言わないが、何かと客とイザコザを起こす友恵に早く落ち着いて欲しいと思っているはずだ。

翌日、友恵は忠行からもらった名刺を手にして、会社に電話した。

「私、友恵です」

忠行は、電話の向こうで声を詰まらせた。

「今度、誘ってくれませんか」

それでイチコロだった。

「まあ、仕方ないわね」

姉は友恵の性格を知り尽くしていて、今更、何を言っても無駄だと諦念《ていねん》しているようだ。

「それで、忠行さんは何て言ってるの？」

「まだ、言ってない」

「あら」

「すぐにでもそうしたいけど、私から言い出したら、貰《もら》うもんも貰えないでしょう」

姉の右眉《まゆ》がわずかに上がった。

「あんた、何を狙《ねら》ってるの？」

「あんな退屈な男と三年も一緒に暮らしたのよ、それなりの慰謝料は貰わなくちゃ。そのためにも、あっちの方に離婚の原因を作ってもらいたいわけよ」

「あの忠行さんに、原因なんかあるわけないじゃない」

「だから、それを作るのよ」

「どういうこと？」

「つまり」

友恵はカウンターにわずかに身を乗り出した。

「姉さん、忠行を誘惑してくれるような誰か、知らない？　別れさせ屋とか、そういう商売があるでしょう。もちろんそれなりの謝礼はする。浮気現場を押さえられたら、すんなり離婚ができるし、慰謝料も貰える」

「まったく、あんたって子は」

「ねえ、知ってたら紹介してよ」

姉は呆《あき》れた顔で友恵を見ているが、もう頭の中では、その計画に乗り気になっているはずだ。姉にはいつだって損得勘定しかない。姉が男にのめり込まないのは、男に稼いだ金を毟《むし》り取られることが嫌なだけだ。毟り取れるのなら、何だってする。

「まあ、知らないこともないけど」

案の定、姉は言った。


毎朝、忠行は七時二十五分に家を出る。

ここのところ「低血圧で起きれない」を口実に、友恵はベッドから出ようともしない。そのことに強く抗議するでもなく、黙って家を出てゆく忠行にはもっと腹が立つ。

友恵は掃除も洗濯もほとんどしない。忠行が出てゆくと、午前中はテレビを観《み》る。

そうして、昼になると電話をする。

「あ、典夫《のりお》くん、私よ」

精一杯、甘えた声を出す。

「ねえ、今日どうする？　会える？」

「ああ、四時から二時間ぐらいなら」

「ほんと、じゃあ待ってるね」

電話を切って、友恵は急に活気付く。シャワーを浴びて、化粧をして、スケスケでレースのたくさんついた下着をつけて、精一杯洒落《しゃれ》た服を着る。居間と寝室だけ手際《てぎわ》よく体裁を整え、典夫を迎える準備を整える。友恵は今、この六歳年下の中古外車のセールスマンに夢中だった。

半年ほど前、ふらりと入った中古車センターで、声を掛けてきたのが典夫だった。

「どんなお車をお探しですか？」

買う予定などもちろんなかった。財布は忠行が握っていて、友恵は生活費しか渡されていない。それでも、オープンで、とか、色は紺かグリーンで、とか、燃費は気にしないけれど年式の新しいもので、などともっともらしいことを言って、それから何度も通った。目的が車でないことぐらい、典夫もすぐに察しただろう。

「今度、ご自宅に説明に伺ってもよろしいですか」

と、典夫は言い、訪ねてきたその日に寝てしまった。

寝てしまってから、改めて思った。三年も、こんな退屈な生活に、自分はよく我慢していられたものだと。

四時を少し過ぎた頃に典夫がやってきた。

顔を合わせたとたん、友恵はもう欲情している。言葉を交わすのも面倒で、典夫のジッパーに指をかける。そうして、忠行と使うベッドの上で、友恵は我を忘れてセックスに没頭する。

典夫の身体《からだ》はすべすべしていて、友恵はその肌に触れるだけで満ち足りた気分になる。若い典夫は、することよりもされることを好み、友恵もまた、典夫の要望に応《こた》えることに何の異存もない。典夫が快楽のため息をつくたび有頂天になる。典夫が望むなら、どんなことでもしてやりたいと思う。


一週間ほどして、姉から連絡が入った。

「いたわよ、別れさせ屋。知り合いが紹介してくれたの。ミドリって言う女らしいわ。苗字《みょうじ》は知らないけど、そんなのどうでもいいでしょう」

「いいわよ、忠行を誘惑してくれるなら誰だって」

「忠行さんのことはみんな説明しておいたから、すぐに取り掛かってくれるそうよ。その経過は逐一、あんたに報告するように言ってあるから」

「わかった」

「報酬のことは私に任せておいて。大丈夫、法外なことは言わせないから。ただ実費は別払いでね」

いかにも姉らしい言い分だった。

電話は早かった。

「私、ミドリと申します。お姉さまから依頼された者です」

姉の連絡から三日しかたっていなかった。

「ああ、どうも」

「とりあえず、経過をお知らせしようと思いまして」

「もう?」

「はい、お急ぎと伺いましたので」

ミドリは嫌味なくらい礼儀正しく話す。顔も知らないが、友恵にしても会わずに済むならそれにこしたことはない。

「それで?」

「昨夜《ゆうべ》、ご主人が会社を出てからずっと後をつけました。残業だったらしく、八時を少し過ぎていました。なかなか声を掛けるチャンスがなくて、結局、府中の駅まで来てしまい、そこからもずっとつけて、ようやく声を掛けられたのは、大きな桜の木がある公園の前です」

それは、自宅から三百メートルほどしか離れていない場所だ。

「私、ご主人に助けてくださいって、しがみつきました。変な男に追われてると言って。よく使う手です。ご主人、びっくりしたようですが、すぐに辺りを窺《うかが》って『心配することない、誰もいない』とおっしゃいました。それから、わざわざ駅まで送ってくれました」

人の良さだけが取り柄の忠行だ。それくらいのことはするだろう。

「それでどうなったの？」

「そこまでです」

拍子抜けした。

「のんびりしてるのね、とっとと誘惑してやってよ」

「またお電話します」

呆気《あっけ》なく電話は切れた。

次の連絡はその二日後だった。

「会社の前で待ち伏せしました。すれ違ってから『あの時の』と声を掛けました。お礼を言って、ご迷惑でなかったら食事にお誘いしてもいいですか、と聞きました」

「そしたら何て？」

「そんな気遣いは無用だって、断られました」

「それで引き下がったの？」

「いいえ、三日後に会う約束を取り付けました」

「よかった。とっとと連れ出して、既成事実を作っちゃってよ」

「わかりました」

「頼んだわよ」

電話を切って、友恵はふと、ミドリという女を想像した。

こんな商売をしているとなれば、まともな女ではないはずだ。ブスでも困るが、とびきりの美人でも怪しまれる。いったいどんな女だろう。

けれども何も思い浮かばない。こうしていると、もうどんな声だったかも思い出せない。薄ぼんやりしたものだけが耳の奥底に残っている。

その日の朝、友恵は忠行のために新しい下着を揃《そろ》えた。

「今日はこれを着て行ってね」

忠行が驚いた表情で友恵を振り返った。

「ネクタイはグレーに黄色のストライプが入ったあれがいいわ」

「どうした、急に」

「どうでもいいじゃない、いやならいいのよ」

「いや……」

めずらしく機嫌のいい友恵に逆らうのは得策ではないと思ったのか、忠行は黙ってそれを手にした。

その夜、忠行が帰って来たのは午前零時を回っていた。


翌朝、十時ちょっと過ぎに鳴り出した電話に友恵は飛びついた。

「ミドリです」

相変わらず淡々とした声だ。

「どうだった？」

せわしなく尋ねた。

「食事をして、その後、ご主人が知っているバーに連れていってもらいました」

「それで？」

「終電に間に合う時間に別れました」

「それだけ？」

「はい」

「何なのよ、それ」

落胆のあまり、友恵は突っかかった。

「ご主人はとても真面目《まじめ》な方のようですね」

「知ってるわ、だからあなたみたいな人に頼んだんじゃないの。早いところホテルに連れ込んじゃってよ」

「次の約束は取り付けてあります」

「じゃあ次ね」

「それはお約束できませんが」

「そんな呑気《のんき》なこと言わないでよ」

「また、経過を連絡させていただきます」

若く美しい男は、怠惰と相場は決まっている。

「上に乗れよ」

典夫の要求を、友恵は黙って受け入れる。

典夫といると、自分がかつて、年上の男たちから受けた極上の扱いの意味を今更ながら知る。快楽は与えられるものと、信じて疑わない典夫は、かつての自分そのものだ。

「口で」

セックスなんて、体液と理不尽の塊だ。執着と自尊心のせめぎあいでもある。

それでも、この若く美しい男を所有できるのなら、友恵は何でもできそうな気がする。

典夫を手放したくない。それはもしかしたら、かつての自分を手放したくないことに繋《つな》がっているのかもしれない。

「今時、キスぐらい小学生だってするわよ。それじゃ離婚の原因にはならない」

「キスしました」

「ええ、わかってます」

「今度は必ずホテルに連れ込んで」

「また、ご連絡します」

それから一週間後、ミドリはようやく期待通りの答えを口にした。

「昨日、ご主人とホテルに入りました」

友恵は思わずはしゃいだ声を上げた。

「そう、ようやくやってくれたのね。もちろんセックスしたんでしょう」

「はい」

「既成事実ができたなら、後は証拠ね。やっぱり写真がいいわよね。それ、用意してくれるんでしょう」

「お望みなら、ホテルに入るところでも、もっと確実なものなら、行為の最中のでも」

「そんなこともできるの」

「最近は、ホテルに入る姿ぐらいでは決定的とは言えないという方も多いので」

「そうね、確かにそうよ。入っただけで何にもしていないって開き直られたらおしまいだもの」

「では、行為の写真を撮りますか？」

「そうね、そうしてちょうだい」

これで忠行と離婚できる。その上、慰謝料もふんだくれる。家は古くて価値はないが、土地は百坪ほどもある。売ればかなりの額になるはずだ。株も売ればいい。かわいそうだなんて思わない。すべては、私を満足させられなかった忠行が悪いのであり、私という女と結婚した忠行の不運のせいだ。

これで、典夫の勧める車も買える。典夫が行きたがっていた旅行にも行ける。欲しがっていた時計も買い与えられる。

気持ちが軽くなって、つい友恵は軽口をたたいた。

「お金のためとはいえ、あなたも大変ね。あんなセックスに付き合わされるなんて。あの人、下手でしょう。的外れっていうか、ピントがずれてるっていうか、女がどうすれば悦《よろこ》ぶか、ぜんぜんわかってないの」

一瞬、ミドリは黙った。

「私が離婚したがる気持ちもわかるでしょう」

「こう言っては何ですけど、ご主人、すごくよかったです」

「え……」

思いがけない返答に、友恵は返す言葉に詰まった。

「私、ほとんど我を忘れてしまいましたから」

「冗談でしょう」

言葉が裏返っていた。

「ご主人は確かに風采《ふうさい》が上がらないし、会話も上手《うま》いとは言えないですが、ベッドの上では別人ですね」

「まさか……あなた、誰かと間違えているんじゃないの、本当にそれ、うちの人なの？」

思わず言っていた。

「ええ、間違いありません」

「心配になってきたわ」

「ご主人、右の背中にほくろが三つ並んでいますね。それから、左の脛《すね》にある傷は子供の頃、近所の犬に咬《か》まれたとか」

その話は、知り合ったばかりの頃、忠行から聞かされたことがある。

「そう、その通りよ……」

「相手を間違えるような、そんな初歩的なミスはいたしません。では、またご連絡いたします。今度は写真もお送りします」

電話を切って、友恵はしばらくぼんやりした。あの忠行のセックスがすごいだなんて、そんなことを言う女がいるなんて信じられなかった。きっと、私をからかったのだ。いや、皮肉ったのかもしれない。

とにかく、今はそんなことはどうでもいい。忠行とうまく離婚することさえできればそれでいい。

「ミドリです。例の写真が撮れましたので、お送りします」

「そう、ありがとう」

「二、三日中には届きます。では」

あっさりと電話を切ろうとするミドリを、友恵は呼び止めた。

「ねえ」

「はい、何か」

「夫、どうだった？」

「え？」

「あなたと、その、昨夜はどんな感じだったかなって」

ミドリからの返答はしばらくなかった。

「ああ、いいの、ちょっと聞いてみただけだから。じゃあ写真、よろしくね」

「お望みなら、すべてお話しします」

ミドリの言葉に、友恵は思わず受話器を持ち替えた。

「すべてって……」

「はい、ホテルに入ってから、ご主人と私がしたことすべてを」

「何だよ、友恵。気持ちが入ってないんじゃないか」

頭上で典夫の不満げな声がした。

友恵はペニスから顔を離し、そのままベッドに仰向《あおむ》けになった。

「あれ、もうおしまい？」

典夫が上半身を起こす。友恵は天井を見つめている。

ミドリから聞かされたすべてのことが、あれから友恵の頭を占領している。あの忠行がそんなことを？　あんなことを？　信じられない、信じられるはずがない。

『自分でも絶対にそんなふうにはならないって思っていたんですけど、私、完全にいかされてしまいました。それも、何度も』

まさか、まさか、あの忠行が？

「どうしたんだよ、友恵」

目の前に典夫の顔が広がった。

「あのさ、腕時計だけど、いいのを見つけたんだ」

友恵は典夫の頬に手を当てた。髯《ひげ》の薄い典夫は女のような肌をしている。どこを触っても、しなしなと手のひらに心地いい弾力を返す。こんな若くて美しい男を自分の所有物にしておける、それだけで、友恵は満たされる。

「ほんとに買ってくれる？」

「いいわよ」

「やった」

典夫ははしゃいだ声を上げて、すぐに友恵の膝《ひざ》を割ってきた。まだ友恵の身体《からだ》は潤《うるお》ってはいない。それでも、典夫は性急にペニスを押し込もうとする。待って、という言葉を友恵は喉元《のどもと》で留めた。それを言えば、典夫はきっと小さく舌打ちし、身体を離してしまうだろう。それくらいなら、少々の痛みなどどうということはない。若くて美しい男のために我慢することもまた、快楽のひとつではないか。

友恵は典夫の背に手を回した。典夫の動きに合わせて、激しく喘《あえ》ぐ。そうすることで、自分に淫靡《いんび》な魔法をかける。

写真の男は確かに忠行だった。

鮮明とはいえないし、女の顔は死角になっていてほとんど見えないが、忠行だということだけはわかる。

忠行は女の背後からその腰を抱え込んでいた。

友恵は写真をテーブルに置き、さっきからぼんやり眺め続けている。

これで決定的な証拠は摑《つか》めた。慰謝料をふんだくって離婚もできる。

そう思いながら、自分の知らない忠行が、この写真の中で存分にセックスを楽しんでいることに、怒りとも驚きともつかない思いが湧《わ》いていた。

忠行が、友恵との間にはあり得なかったセックスを、ミドリと共有している。

忠行は女を歓《よろこ》ばせる術《すべ》を知らなかったのではなく、この三年、友恵に対してそれをしなかったということなのか。

忠行は毎日、規則正しく会社に出掛けてゆく。その姿にほとんど変化は見られない。もしかしたら自分は、姉やミドリのタチの悪い冗談に乗せられているのではないかという思いが頭をかすめる。しかし、写真の男は明らかに忠行だ。

「写真、届きましたでしょうか」

電話口でミドリが言った。

「ええ」

「これで離婚成立は間違いないと思います」

「そうね、これを見せられたら、夫も言い訳できないものね」

「じゃあ、これで私の仕事は終わりですね。請求書はお姉さまの方にお回しするよう言われていますが、それでよろしいですか」

「そうしてちょうだい」

「では、失礼いたします」

友恵は呼び止めた。

「ミドリさん」

「はい」

「もう、夫とは会わないの？」

返事までに少し間があった。

「もちろんです、仕事は終わりましたから」

「そう」

「ご主人も、私に連絡はつきません。携帯電話もみんな換えてしまいますから」

電話を切って、友恵はもう一度写真に目をやった。知らない夫がそこにいる。友恵が朝な夕なに見る、退屈で鬱陶《うっとう》しくてセックスが下手な夫は、写真の夫と本当に同一人物なのだろうか。

「姉さん、ミドリって女のことだけど」

　友恵は姉に連絡を入れた。

「聞いたわよ、決定的な写真が撮れたんですってね。これで望み通りの離婚ができるわね。土地、百坪だっけ？」

　姉の声はやけに明るい。

「どんな女？」

「知らないわよ、私は知り合いに頼んだだけだもの。そうそう、支払いだけど全部で五十万になるらしいわ。前にも言ったけど、実費は別でね。それと、慰謝料が入ったらちょっとばかり都合をつけてくれないかしら。壁紙を張り替えたいのよ。いいでしょう、いろいろ協力してあげたんだから」

　頭にあるのは金のことだけらしい。


「いつになったら車を買ってくれるのさ」

　典夫の頭にあるのもまた金のことだけらしい。

「だから、離婚が成立したらよ。慰謝料ががっぽり入ったら、いいのを買ってあげるから。それまで、もうちょっと待って」

「今月、ノルマに届きそうにないんだよな」

「腕時計ならいいわよ、それぐらいなら何とかなるから」

「いつ離婚するんだよ」

「もうすぐよ」

「前もそんなことを言ってたじゃないか」

「今度は本当だから」

もちろん、離婚したからと言って、典夫が「結婚してくれ」と言うはずはない。そのことを期待していないわけでもないが、それくらいの分別は持っているつもりだ。

「しょうがないなぁ、じゃあ時計でいいよ」

「ごめんね、典夫」

友恵は甘えた声で謝った。

そうして、どうして自分は謝ったのだろうと考えた。金を出すのは私だ。腕時計も車も。

何のために？

典夫を気持ちよくさせるために。セックスと同じように典夫を満足させるために。

それは、何のために？

ふと、面倒なことに思い至りそうになって、友恵は慌《あわ》てて典夫のトランクスに手を掛けた。

「別れてくれないか」

夫が言った。

「このままじゃ、僕も友恵も、人生を駄目にする。別れて、それぞれにやり直した方がお互いのためだと思うんだ」

友恵は目の前の夫を見ている。写真の夫と同じ顔でありながら、同じ男とは思えない。この夫と写真の夫は、どちらが本物なのだろう。

「もちろん、これは僕が言い出したことだから、それ相応のことはさせてもらう。家も株券も売ってもいいと思ってるんだ。責任は取る」

渡りに船とはこのことではないか。夫から申し出たとなれば、ますます条件を有利にできる。その上、こちらには写真もある。

「だから、別れてくれないか」

それなのに、友恵は身を硬くしたままソファに座っている。

頷《うなず》けばいい、それだけですべてが望み通りに運ぶ。それがわかっていながら、どういうわけか首が縦に動こうとしない。

この人は、ミドリと一緒になるつもりだろうか。ミドリはもう会わないと言っていたが本当かどうかわかったものではない。そうして、ミドリから聞かされたような、あんなセックスをふたりで繰り返すのだろうか。自分と忠行の間には、一度もなかったセックスを。

ちりちりと胸を焦《こ》がすものに気づいて、友恵はうろたえた。

自分は嫉妬《しっと》しているのだろうか。

まさか、そんなことがあり得るはずがない。こんなつまらない男に未練など欠片《かけら》もない。一刻も早く別れてしまいたい。

目の前の夫の顔に、写真の夫が重なってゆく。そして、目の前の夫ではなく、写真の夫に、友恵はひどく悋気《りんき》している自分に気づく。

「お願いだ、別れてくれ」

自分の口が何と動くのか、友恵はこの期《ご》に及んでわからなくなっている。

ただ、目の前の夫と、写真の夫が、重なったかと思えば離れてゆく、そのふたつの顔を虚《うつ》ろに眺め続けた。

契《ちぎ》り

考えてみれば、かつてはごく普通のＯＬだった。

朝七時に起きて母親の作った朝食を食べ、七時五十分には自宅から会社に向かい、昼は同僚ＯＬたちとランチに出て、三時に給湯室でこっそりおやつを食べる。五時になれば、そのまま帰宅して家族と夕食を共にするか、習い事に出掛けるか、ショッピングするか、最近話題のレストランに行くか、のどれかだ。

そして、週末は恋人とデートする。

恋人の修一《しゅういち》とはうまくいっていた。少なくとも、圭子《けいと》はそう思っていた。あの時、二十六歳。あと一、二年すれば結婚に至ることも、容易に想像ができた。両親もそのことは了承し、安堵《あんど》していた。

過不足のない毎日。その中に身を置くことに、何の不自然も感じていなかった。

ただ、時々、とてつもなく胸が締め付けられるような感覚に包まれることがあった。

それが何なのかうまく説明できない。身体《からだ》の一部が欠けているような、果たしていない大切な約束を残しているような、目覚めてから思い出そうとしてもどうにも思い出せない夢のような。時折、もどかしさに頭を抱えた。けれども、それは若い女が持つありきたりの孤独感なのかもしれないとも思えた。

いつだったか、同僚の和江《かずえ》と弓子《ゆみこ》と三人で、会社帰りに食事に出掛けたことがある。青山のレストランでは、ワインを飲んで、かなりいい気分になっていた。この近くに雰囲気のいいバーがある、と和江が言い出した。そこに向かおうということになったのだが、記憶が曖昧《あいまい》で、路地に入ってから迷ってしまった。ぽつりぽつりと、隠れ家風の店を通り過ぎ、そろそろ諦《あきら》めようと意見が一致しかけた頃、街灯の薄明かりの下に、占い師が店を広げているのが目に入った。

「占ってもらおうかしら」

と言ったのは、ここのところ恋人と結婚のことで揉《も》めている和江だ。

三千円は少々高い気もしたが、三人とも酔いのせいか気分が高揚していて、結局、占い師の前に立っていた。

「結婚運を観《み》てもらいたいんですけど」

和江が言うと、占い師は椅子《いす》に座るように言い「両手を上向きに出してください」と告げた。占い師の年齢はよくわからない。頭からすっぽりと黒い大きなストールをかぶっていて、圭子と同じくらいの年にも、老婆《ろうば》にも見えた。

和江がおずおずと、けれども興味津々《しんしん》で両手を差し出した。占い師は、その上から自分の手をかざし、静かに目を閉じた。

和江がくすくす笑って、圭子たちを見上げている。この占いは手相でも、占星術でも、タロットでもない。霊感占いとでもいうのだろうか。

占い師はしばらくその姿勢を続けていたが、やがて大きく息を吐き、頷《うなず》いた。

「大丈夫ですよ。おふたりはうまく行きます。ただ、あなたも相手の方も一人っ子ではないですか？　もしかしたら、そのことで少し親御さん同士が揉めるかもしれません。けれども、乗り越えられない障害ではありません」

和江がいくらか頬を硬くした。

「いやだ、どうして一人っ子同士だってわかったのかしら」

占い師がわずかにほほ笑んだ。

「見えるんですよ、あなたの過去も未来も」

「じゃあ、私も」

と、今度は弓子が入れ替わりに椅子に座った。

「私、結婚できるでしょうか。何だか男運が悪いような気がするんですけど」

占い師は同じく手をかざした。

「二十八、九歳で、大きな恋愛をしますね。その人とたぶん、結婚することになるでしょう。でも、長くは続きません。あなたは仕事が好きで、それを理解してくれる相手ではないからです。三十代後半に出会う人、その人が一生の伴侶《はんりょ》となるようです。もしかしたら外国人かもしれません」

「へえ……」

弓子は座る前とは打って変わって、殊勝な表情で椅子から立ち上がった。

確かに、弓子は仕事ができるし、上司からの信頼も厚い。

「いいじゃない、二回も結婚できるなら」

和江に言われ、弓子は肩をすくめて苦笑している。こうなったら、圭子も観てもらうしかない。今付き合っている修一との将来がどうなるか、もちろん興味はある。

椅子に座って、占い師に告げた。

「実は結婚したいと思っている人がいるんです」

「観てみましょう」

圭子が手を差し出すと、占い師は同じく手をかざした。心なしか、手のひらが熱くなる。占い師と自分の間に、不思議な繋《つな》がりを感じる。

「あなたの相手はすでに決まっています。それはあなたの生まれる前からです」

「え……」

圭子は思わず占い師に顔を向けた。

「あなたは、かつて、ある男性と深く契《ちぎ》りを交わしています。けれども、その時には結ばれなかった。現世でその約束を果たすことになるでしょう。ふたりでやり残したことを遂げるのです。そうすればもう二度と離れることはありません」

圭子は返事に困って、おずおずと尋ねた。

「あの、その男性というのは今の彼じゃないんですか」

「残念ですが、違うようです」

「じゃあ、いったいその人とはいつ出会えるんでしょう」

「それは、今のところ何とも言えません」

「出会ったら、すぐこの人だってわかるのかしら」

占い師はゆっくり頷いた。

「たぶん。相手もきっと、あなたに何かしらの記憶を持っているはずです。はっきりとはわからなくても、どこかで会ったというような感覚を抱くでしょう。けれども、本当のところは男と女の営みの中でしかわかりません。あなたは今まで知らなかった自分を、その人を通じて知るでしょう。その時、はっきりこの人だとわかるのです」

街角の占いなんて、所詮《しょせん》はいかさまのようなものに過ぎない。

そんなことはわかっているのに、どういうわけか圭子の頭の隅にそれはしつこく居座り続けた。

「どうしたの、よくない?」

恋人の修一が、動きを止めて尋ねた。

「ううん、いいわ、とても感じる」

反射的に答えると、修一は満足げに頷いて、再び動き始めた。

もう何度も修一とベッドに入っている。恋人たちがすることを、当然、圭子と修一もしている。

感じる、と言った自分を、圭子はぼんやり考えた。確かに感じている。気持ちいいと思ってもいる。けれども、これが本当の快感なのかと問い掛けると、わからなくなる。ずっと、こんなものだと思ってきた。修一と付き合う前の恋人とも、同じような感覚だった。けれども、もしかしたらもっと知らない何かが、この行為の奥深くに潜んでいるような気がする。でも、それがどういうものかはわからない。経験したことのない感覚は想像もつかない。

それから半年ほどして、また和江と弓子と三人、食事に出た。和江は恋人と順調な交際をし、弓子は会社で新しい部署に異動になっていた。

食事のあと、和江が言った。

「前に行けなかったバー、今夜こそ行きましょうよ。大丈夫、ちゃんと場所を確かめて来たから今度は迷わない」

ふたりとも、占いのことなどすっかり忘れてしまったようだ。実際、圭子の記憶も希薄になっていた。占い師が店を出していた場所も、今となっては思い出せない。

修一とは順調に交際が続いている。結婚は一、二年後と思っていたが、もしかしたら少し早まるかもしれない。

三人でバーに入った。地下にあるそのバーは、艶《つや》のあるカウンターが長く伸び、壁はいい具合に酒と煙草《たばこ》と吐息とが染《し》みていた。

「素敵なバーね」

と、弓子が言い、「でしょう」と、和江は自慢げに頷いた。雰囲気のよさは、こんな場所にあまり馴染《なじ》みのない圭子にも感じられた。

そして、そこで直也《なおや》と会った。


直也はバーテンダーをしていた。

口当たりのよさについ杯を重ねてしまい、すっかり酔っ払った圭子は、タクシー乗り場に行けなくなるほど足元がおぼつかなくなってしまった。その介抱を引き受けてくれたのが直也だった。

二日後、恥ずかしさに身を竦《すく》ませながら、礼に出向いた。和江か弓子に付き合ってもらいたかったが、どちらも都合がつかず、仕方なくひとりで向かった。

礼を言うと、直也は人懐《ひとなつ》っこい笑みで首を振った。

「そんなに気にすることないですよ。俺も、もうちょっと気をつけてカクテルを作ればよかったって後から思ったんだけど、何だか、かなり飲めそうな雰囲気だったものだから、つい」

「本当に、ご迷惑をおかけしてごめんなさい」

「いいんですって。それより……」

直也は、圭子が注文したサンペレグリノのグラスを前に置き、わずかに身を乗り出した。

「この間も思ったんだけど、俺たち、前にどこかで会ったことない？」

「え……」

圭子は思わず直也を見直した。

「いいえ、たぶんこの間が初めてだと」

「そうかなぁ、どこかで会ったような気がするんだけどなぁ」

その時、圭子は占い師の言葉を思い出していた。

あなたには、生まれる前から決まった人がいる。

そんなことがあるわけがない。「前に会った？」なんて、遊び慣れた男の常套句《じょうとうく》ではないか。

「じゃあ、その話は置いておいて」

直也は悪戯《いたずら》っぽく笑った。

「もしかしたら、俺にお礼をしたいと思っている？」

一度瞬《まばた》きしてから、圭子は慌《あわ》てて頷いた。

「ええ、もちろん」

「それなら今週の日曜、デートしよう」

どう返事をすればいいのか、考える間もなく、直也は待ち合わせの場所と時間を指定した。

圭子にできるのは頷くことだけだった。

修一にも、両親にも「学生時代の友人と会う」と嘘《うそ》をついて、日曜の夕方、直也と待ち合わせたティールームに向かった。

もちろん後ろめたさはある。自分の軽率さに呆《あき》れてもいる。それでも、どこかしら期待感のようなものが身体《からだ》のあちこちに張り付いていた。

占い師の言った「その人」はもしかしたら直也ではないのか、という浅はかな思いを捨てられずにいた。「前に会った?」という言葉も、直也自身が何かを感じたから口をついて出たものかもしれない。

ばかばかしい、と、圭子は何度も口の中で呟《つぶや》いた。それは、できるなら、ばかばかしいことであって欲しいという願いでもあった。

直也の人懐っこい表情や、少し早口の喋《しゃべ》り方、食事の仕方、ちょっとした仕草、そして息づかいも、匂《にお》いも、何もかもが好もしく感じられた。それは圭子自身が驚くばかりの強烈さで意識の中に入り込んできた。

出会ってすぐの男とベッドに入るなんて信じられない、そんな軽率さは持っていない、と思っていたのに、誘われると、それがすでに決められていたことのように、直也のアパートに付いて行った。

そんな自分に呆気《あっけ》にとられながら、圭子は抗《あらが》うことができなかった。

「あのバーのバーテンダーと寝たっていうのは、本当なの？」

和江が慎重な物言いで尋ねた。弓子と三人、会社の近くでランチをしていた時だ。

「えっ、そうなの？」

弓子が目を丸くして顔を向けた。

どう答えていいものか、圭子は言葉を選びあぐねた。

「遊びならいいけど、深入りはしない方がいいわ。女をとっかえひっかえしてるような男よ。圭子とのことを私にまで喋るんだから、それも自慢げに。所詮はそんな男よ」

和江の忠告に悪意はない。心から圭子を心配してくれているのが感じられる。

弓子も大きく頷いている。

「圭子にはちゃんとした恋人がいるじゃない。もう危険な恋にうつつを抜かす年でもないんじゃないの」

圭子はようやく顔を上げた。

「ねえ、ずっと前、三人で観《み》てもらった占い師のこと覚えてる？」

和江と弓子が顔を見合わせた。

「ああ、そう言えば、路地裏で観てもらったことがあったわね」

「占い師は言ったわ、私には生まれる前から決まった人がいるって。その人は、今の彼じゃないって」

「そんなこと本気で信じてるの」

弓子が頓狂《とんきょう》な声を上げた。

「ふたりのことも当てたでしょう。和江が一人っ子同士の結婚だってことも、弓子がずっと仕事をするタイプだってことも」

和江が呆れたように息を吐き出した。

「あんなの当てずっぽうよ。私たちの世代は一人っ子が多いもの、当たったって別に不思議じゃない。きょうだいがいるって言ったら、また別のことを言い出したはずよ」

「そうよ、私だって、モバイルバッグを持っていたから仕事好きだと踏んだのよ。根拠なんてそんなものよ」

ふたりの言葉はそれなりの説得力があったが、圭子の気持ちを翻《ひるがえ》させることはなかった。

彼女たちにどう説明しようと、自分の思いは伝わらないだろう。満ち足りた生活の中で、自分が長く抱いていた違和感の存在を、どう説明すればいいだろう。身体の一部が欠けているような、果たしていない大切な約束を残しているような、胸を締め付けられるあの感覚だ。

占い師に言われた時、すとんと腑《ふ》に落ちた。曖昧《あいまい》だったものに、焦点が合ったような気がした。

生まれる前から、私には決まった人がいる。その人との大切な約束がまだ残されている。

「悪いことは言わない、あのバーテンダーとは一度きりにしておいた方がいい」

和江と弓子は口を揃《そろ》えて言った。

結局、直也はろくでもない男で、すぐに別れてしまった。

ただ、ひとつだけ圭子に教えてくれたことがある。それは修一とのセックスが自分にとって価値がないものだったということだ。今までわからなかった。わかろうとも思わなかった。でも直也と寝て初めて気がついた。修一と当り前のように繰り返してきた行為は、圭子の求めるセックスではない。快感も子供騙《だま》しでしかない。それに気付いただけでも、直也と会ったことは無駄ではなかったと思える。

これ以上、修一とは付き合えない。もっと言えば、修一とセックスしたくない。

修一から結婚を申し込まれたのは、そんな時だった。

「何だか、このままだと圭子がどこかに行ってしまいそうな気がするんだ」

修一の憶測は間違っている。もう、圭子はどこかに行ってしまっている。いままで告げられなかったのは、天秤《てんびん》に掛けていたわけではなく、修一にどう切り出せばいいのかわからなかっただけだ。

「終わりにしたいの」

圭子の言葉に、修一は頬を強張《こわば》らせた。

「どうして」

「私には、生まれる前から決まった人がいるの、それがわかったから」

修一の顔に怪訝《けげん》な気配が広がった。

「何を言ってるんだ」

「その人でなければ、私は駄目なの」

「言ってる意味がわからない。わざとそんなことを言ってるのか」

「信じてもらえなくても仕方ないと思ってる」

修一は気味の悪い顔をした。もしかしたら、圭子の頭がおかしくなったと思ったのかもしれない。それならそれで構わない。どちらにしても、プライドの高い修一が女を引き止めるような真似《まね》をするはずがない。

「後悔するよ、きっと」

修一の言葉はどこか脅しめいたニュアンスが含まれていた。

「いいの、それで」

案の定、修一はそれ以上何も言わず、背を向けた。

それから二年後、同僚の和江は結婚し、華々しく退社していった。弓子は昇格試験に合格し、仕事に夢中になっている。

焦《あせ》りも嫉妬《しっと》もなかった。それぞれの人生に目的があるのなら、圭子のそれもすでに決まっているのだから。

やがて圭子は三十歳になった。

三歳違いの兄は結婚し、新しい家庭を持った。和江には子供が生まれ、弓子は海外に赴任して行った。

その頃になると、さすがに両親も心配し始めた。時に、見合い話を持ち込んで来た。言われるまま何度か見合いに出掛けたこともある。もしかしたら「その人」が、見合い相手として現れるかもしれないという期待もあった。だが、誰一人としてその可能性を感じさせる男はいなかった。

今まで、何人の男たちと寝ただろう。

圭子はぼんやり考える。

道で声を掛けられることもあれば、ふらりと入った店で誘われることもある。

「どこかで会った？」

そう言われると、圭子の胸は高鳴る。この人かもしれない、という期待でいっぱいになる。

そうしてホテルに行き、男とセックスをする。しかし、すぐにこの人ではないとわかり、落胆する。それの繰り返しだった。

まだ出会えてはいない。いったい「その人」はどこにいるのか。あるのは、いつか出会えるという確信だけだ。


そうして数年が過ぎた。


その夜、新入社員の歓迎会を兼ねた花見会が、課で行われた。

場所は目黒川沿いの店で、開け放たれた窓の外に、盛りを過ぎた桜が号泣するように花びらを散らしていた。

今年、配属されたのは男ばかり三人だ。

彼らは圭子よりすでに一回り以上も年下になる。まだ学生っぽさが残り、ネクタイの結び目も様になっていない。圭子にしたら、男の子と呼んでしまいそうな若さだ。

後輩の女性社員たちは、少し浮ついている。男の品定めはいつだって楽しみのひとつだ。もうずっと昔になるが、圭子もそうやって胸を躍らせた頃があった。

新入社員たちは、課長から順に酌をして回っている。

ひとりの男の子が前に座った。

「新田です、これからよろしくお願いします」

「こちらこそ」

圭子は新田が差し出すビールをグラスに受けた。

「課長から、わからないことは何でも宮野さんに聞けって言われました」

「私がいちばん古株だものね、よかったら何でも聞いて」

「頼りにしてます」

新田はぺこりと頭を下げ、次の席に移動しようとして、もう一度顔を向けた。

「宮野さんって、出身はどこですか?」

「東京だけど、どうして?」

「いや、どこかで会ったことがあるような気がして……」

圭子は思わず新田を凝視した。

「この課に配属されて、初めて宮野さんと顔を合わした時、ホッとしたっていうか懐《なつ》かしいっていうか、そんな気がしたんです。だから、もしかしたら同郷なのかな、なんて」

圭子は新田の顔を見続けている。

「すみません、変なこと言って」

新田は別の席に移動していった。

その姿を、圭子は追い続けた。

そうなのだろうか。もしかしたら新田が、圭子が求め続けている「その人」なのだろうか。

けれども、今の圭子には判断がつかない。本当に「その人」かどうかは、セックスしないとわからない。

新田には、圭子が女と映っていないだろう。

仕事のことで、一日に何度も会話をするが、新田の目に欲情めいたものは露ほども感じられない。

もしかしたら違うのか、とも考えるが、「その人」である可能性が少しでもあるなら、試してみたいと思う。新田の方も、今は何も感じていないかもしれないが、セックスすれば気がつくかもしれない。自分たちが、かつて深い契《ちぎ》りを交わし合った仲であるということに。

若い頃は、ただしたいと思えばそれが叶《かな》えられた。けれども、三十も半ばを過ぎるとそうはいかない。ましてや新田は、街や飲み屋でたまたま顔を合わせた相手ではなく、同じ職場で働く人間だ。どうすればいいだろう。どうしたら新田とそれをすることができるのだろう。

焦《じ》れったい思いを抱えながら、ひと月ほどを過ごした。

そんな時、新田が仕事で大きなミスをおかした。取引先の発注を一桁《ひとけた》間違えて製造に伝票を回し、製品の大半を破棄しなければならなくなったのだ。損害額はかなりになる。新田は課長だけでなく部長にも呼ばれ、かなりきつい叱責《しっせき》を受けたようだった。課員たちの態度もどことなくよそよそしくなり、誰も近づこうとしない。

これはチャンスなのだと、圭子は思った。

すっかり意気消沈している新田に、圭子は声を掛けた。

「今夜、どこかで少し飲まない？　こんな時、どう振舞えばいいのか、少しはアドバイスができるかもしれないから」

うなだれたまま、新田は泣きそうな声で「はい」と頷《うなず》いた。

会社から離れた飲み屋で待ち合わせた。やって来た新田は相変わらず肩を落としていた。

酒を勧めながら、圭子は言葉を尽くして励ました。

「新入社員は、失敗を重ねて一人前になってゆくの。そんなに気にすることはないって」

「ありがとうございます……」

「今は、えらそうにしている課長だって、昔は大きな失敗をしたのよ」

新田は少し興味を見せた。

「そうなんですか？」

「私が新入社員の頃だけど、見積書を違う会社に渡してしまったの。そこに書いてあった数字が、その会社といつも契約しているよりずっと安い金額だったから、ものすごいクレームが来てね。うちには高い金額で売りつけていたのかって、もうカンカン。取引はやめるって言われて、あの時は、課長もさすがに『クビになる』って覚悟したそうよ」

「へえ、そんなことが」

新田の顔に安堵《あんど》の色が広がってゆく。

「ね、だからそんなに気にすることはないの。みんな、いろいろやってるんだから」

「そう言ってもらえるとホッとします」

「そのことは忘れて、今夜は飲みましょう」

「はい」

それから新田は、勧められるままかなり飲んだ。緊張感から解放されて、気分が高揚しているのがわかる。ミスした新入社員ほど、心細いものはない。自分の肩を持ってくれる相手なら、分別を知らない子供のように慕ってしまう。

飲み屋を出てから、ホテルの前で足を止め、戸惑う新田と圭子は目を合わせた。新田の目に逡巡《しゅんじゅん》が見える。選択の時間を与えてはいけない。新田が理性を取り戻す前に、すべてを進めてしまうことだ。圭子は新田の手を取り、ホテルの門をくぐった。

それでも、巨大なベッドを前にすると、新田は我に返ろうとした。

「いや、やっぱりこんなことは……」

その言葉を、圭子は唇で塞《ふさ》いだ。

「何も考えなくていいの。明日になれば、みんな忘れるんだから、あなたも、私も」

新田は覚悟を決めたように頷くと、圭子の背を強く抱き締めた。

ベッドに入り、新田と交わった。愛撫《あいぶ》はぎこちなく、それでいて性急でもある。圭子は何ひとつ逆らわない。新田の思いのままに身を任せる。

新田のペニスが入って来た時、圭子は今までにない感覚を覚えた。ヴァギナとペニスは寸分の隙間《すきま》もないほどにぴたりと納まり、快感というよりも、もっと別の、たとえて言うなら、死を共にするような満ち足りた感覚だった。

「すごい……」

新田が呟《つぶや》いた。

「こんなの、初めてだ」

「私も」

同時に、新田のペニスは、圭子の身体《からだ》の奥の閉ざされたドアを開ける鍵《かぎ》でもあった。まるでフィルムが逆回りするように、圭子の頭の中に遠い記憶が蘇《よみがえ》って来た。

かつて深い契りを交わし合った男。どうにも離れられない男と女。道ならぬ恋。しっかりと握り合う手……この世で添うことができないのなら、あの世で思いを遂げるしかない。揺れる水面。見詰め合う目。足が土を蹴《け》る。ふわりと浮いたふたつの身体。

それなのに、あなただけが助かった。一緒に死のうとあんなに約束したのに、あなただけが此岸《しがん》に留まった。

不意に、圭子の目尻《めじり》から涙が零《こぼ》れ落ちた。

「どうしたの」

新田が驚いたように尋ねた。

「いいえ、いいえ、何でもないの」

大切な約束はまだ残されたままだ。それを果たすために、圭子は時を超えて、男を探し続けて来た。

そして今、その狂おしいほど愛《いと》しい男が目の前にいる。

圭子は身体の位置を変え、新田の上になった。

「ああ……」

新田が声を上げる。

「もう、駄目だ、僕は、僕は……」

恍惚《こうこつ》とも、朦朧《もうろう》ともしている。

「やっと、約束を果たせるのね」

圭子は呟き、ゆっくりと新田の首に指を伸ばした。

「あなたをずっと待っていたの、ずっと、ずっとよ。もう二度と離れない」

そして、その指に満身の力を込めた。

永遠の片割れ

セックスには相性がある。

と、聞いたことはあるが、ずっと嘘《うそ》だと思っていた。そんなものは、スポーツ新聞や週刊誌のいかがわしいページが勝手に創《つく》り上げた虚言《そらごと》に違いない、と。

けれど幸二《こうじ》と会って、理佐《りさ》はそれが真実であることを知った。

幸二と初めて寝た時のことを、今でもはっきり覚えている。

あの時、今まで自分は何をして来たのだろうとただただ驚くばかりだった。

それまで信じて疑わなかった快感もオーガズムも、幸二とのセックスの前では子供騙《だま》しのようなものだった。

入れるだけ、ただそれだけで、そこは溶けてしまうほどに熱を持ち、襞《ひだ》が勝手に蠢《うごめ》き出す。すべての毛穴から愛液が滲《し》み出し、身体《からだ》そのものが性器になったように痙攣《けいれん》する。幸二が腰を使い始めると、あまりに気持ちよくて苦痛にも似た喘《あえ》ぎ声が、唾液《だえき》と混ざり合いながら唇の端から流れ落ちてゆく。気を抜けば、すぐにイッてしまう。だから理佐は必死にこらえる。

まだよ、まだイカせないで。もっと私をもみくちゃにして。私をこの世でいちばん淫《みだ》らな女にして。欲しい、欲しい。やめないで、やめないで。もっと、もっと――。狂ったように懇願する。

終わった時、理佐はいつも、自分がまだ生きていることを不思議に思う。絶頂は、死に似ていた。敏感になり過ぎて、何も感じられなくなった感覚は、たぶんいけないものを超えている。それは死以外に考えられなかった。今はもう、理佐にとって、幸二は決して手放せない男だ。

遠くでサイレンが鳴っている。

半ば意識を失ったように、湿ったシーツに身体を埋めていた理佐は、薄く目を開けた。

「消防車……？」

「ああ、そうみたいだ」

くぐもった声で幸二が答える。ふたつの身体は、ベッドの中で一枚の皮膚のように密着している。

「この間も聞こえた」

「最近、この辺りでよく放火があるんだってさ」

「そう」

「この家に火をつけられたら、あっと言う間に燃え上がるだろうな。何せ油絵の具や溶き油だらけだから」

「いやだ、気をつけなきゃ」

それから枕元《まくらもと》の時計に目をやった。そろそろ十時を回ろうとしている。理佐はベッドから身体を起こした。

「帰るのかい？」

「ええ、もう行かなくちゃ」

「もっと、いろよ」

幸二の切ない声に、理佐の気持ちは揺れる。何度しても、またしたくなる。限りがないのは、幸福なのか不幸なのか。

「ごめんなさい」

理佐だってここにいたい。ここで、幸二と永遠にまぐわっていたい。でも、そうできない。帰らなければならない家がある。

ベッドを出て、簡単にシャワーを浴び、服を着た。

「今度、いつ会える？」

幸二がベッドから捨てられた犬のような目を向ける。

「来週かな」

「電話くれるだろ」

「もちろん」

玄関に向かってパンプスに足を滑り込ませると、送りに出て来た幸二に背後から抱きすくめられた。

「その間に、ご主人と何回する？」

「バカね、しないわ」

「ほんとに？」

「夫婦なんて、そんなものよ」

「嘘だったら承知しない」

幸二がスカートの中に手を潜り込ませ、ショーツの上から理佐を触る。あんなに濡《ぬ》れて、もう水分など一滴も残っていないはずなのに、また熱いものが溢《あふ》れそうになる。

「駄目よ」

理佐は振り向いて幸二の身体を押し返すが、無駄な抵抗とわかっている。結局、下着を脱がされて、狭い玄関で、立ったまま、またセックスをする。

私たちはたぶん、壊れている。


幸二は二十七歳。

理佐が経営を任されているギャラリーに出入りしている駆け出し画家のひとりだ。美大在学中に有名な展覧会で入選したことが一度だけある、と聞いているが、それ以来、鳴かず飛ばずのまま今に至っている。たまに挿絵の仕事が入ったりするが、所《しょ》詮《せん》はその程度で、将来を夢見ながら、子供相手に絵を教えるアルバイトで生計を立てている。

理佐は今年で三十三歳になる。結婚して五年。夫の孝史《たかふみ》は六歳上で、親から受け継いだ画廊を経営し、他にも貸しギャラリーを数箇所所有している。四歳になる娘の亜《あ》美《み》は私立の幼稚園に通っている。

生活に何の不満もない。夫は優しく、娘も順調に育ってくれている。経済的にも安定し、さしたる心配事はない。自分には過ぎた暮らしだ。実際、人はみな、恵まれた奥さんと言う。それは誰よりも、理佐自身が思っている。

でも、幸二と出会ってしまった。そして、出会うまでと、出会ってからの、あまりに違う自分に、理佐は時々恐怖すら覚える。


居間に入ると、ソファでハウスシッターがうたた寝をしていた。

「ごめんなさい、遅くなって」

声を掛けると、彼女は慌《あわ》てて身体を起こした。

「すみません、つい」

「いいのよ、ご苦労様」

四十代後半のハウスシッターは、経験豊かで口が堅く、きちんとプロ意識を持っている。亜美が生まれてから来てもらっているのでもう四年以上になる。大切な娘と、家の鍵《かぎ》を預けるのだから、信頼できるのが何よりだ。

「亜美ちゃんは六時半に夕食を食べて、八時にお風呂《ふろ》に入って、カップに半分ほど温かいミルクを飲んでから、九時にベッドに入りました」

「寝る前に、本を読んでくれました？」

「はい『バンビ』がいいっておっしゃったので、それを」

「そう、ありがとう」

「じゃあ、私はこれで」

彼女がバッグを手にすると、理佐は用意しておいた封筒を渡した。中には二万円が入っている。残業手当としては破格だが、そこにはさまざまな思惑料が含まれている。

「ありがとうございます」

「また来週お願いすることになると思うので、よろしく」

ハウスシッターを見送ってから、理佐は亜美の部屋に入った。よく眠っているようだ。安心して、風呂場に向かった。

湯に浸りながら、理佐はぼんやり宙を眺める。まだ昂《たか》ぶりの残った神経が、適度に温まり、ゆっくりとほどけてゆく。

来週の夫の予定を考えていた。確か、商工会議所のゴルフコンペがあると言っていた。今夜は大学時代の友人と伊豆のゴルフ場だ。有難いことに、夫はゴルフが趣味で、月に二度か三度は泊りがけで出掛けてくれる。

日中、仕事に出ている理佐は、ハウスシッターに亜美の幼稚園のお迎えと、買い物、掃除を頼んでいる。しかし、料理と洗濯は自分でする。そこまで頼りたいとは思っていない。だから普段は六時までだが、今夜のように遅くなる時は延長を頼むことになる。

　今、理佐のいちばんの仕事は――それは仕事というより趣味に近いのだが――無名の画家を育てることだ。持ち込まれた絵画を展示したり、客に紹介したり、時にはアドバイスを与える。

　最初の頃は、戸惑ってばかりだった。理佐自身、実際に絵を描いて来たわけではない。しかし絵と長く付き合っているうちに、少しずつ判断できるようになっていた。モチーフ、構図、タッチ、色使い、何が足りないか、何が拙《つたな》いか。そうやって、今まで何人かの無名画家を自立させてきた。

　幸二もまた、理佐のギャラリーにやって来た若い画家のひとりだった。瘦《や》せた体軀《たいく》にどこか翳《かげ》りのようなものを帯びていた。整った顔立ちではないのだが、少し癖のある一重の目に、幼さに通じるひたむきさが窺《うかが》えるのが印象的だった。

　持ち込まれた絵は抽象画で、光をテーマにしていた。色も図柄もシンプルで、少し物足りない気がしたが、才能はあると思った。ただ買い手がつくかは難しい。それくらい個性的でもあった。

「他の絵も見せてもらえるかしら」

「だったら、アトリエに来ていただけますか」

緊張気味に、幸二は答えた。

「どれくらいあるの？」

「百枚は」

新人画家のアトリエに、自分から出向くことなどまずない。それでも理佐は見たいと思った。

下町の、古いアパートや倉庫が並ぶ路地の奥にある、木造平屋建ての一軒家である。一軒家と言っても三部屋しかなく、ちょっと大きな地震でも来れば呆気《あっけ》なく倒れてしまいそうだった。ふたつの六畳間を繋《つな》げてアトリエにし、狭い四畳半を寝室にしていた。

「汚くしていて、すみません」

幸二は慌てて床に落ちたTシャツを丸め、カップめんの殻をキッチンに運んで行った。

その間、理佐はぼんやり部屋の中に立っていた。家の隅々まで絵の具と溶き油の匂《にお》いが充満していた。嗅《か》ぎ慣れた匂いのはずである。しかし、その中に別のものが混ざっていた。獣を思わせる生々しい匂いだ。

頭の芯《しん》に痺《しび》れるような感覚があった。目に映るものがわずかにずれて、吐き気にも似た戸惑いが喉元《のどもと》にこみ上げて来る。

「絵を見せて……」

と呟《つぶや》いたが、その時、理佐が見たいと思ったのはもう別のものだった。

「うん、来週の金曜だよ。伊豆にいつものメンバーでいつものホテル。何なら君も来るかい？」

夫の孝史が呑気《のんき》な口調で言った。

「嬉《うれ》しいけど、遠慮する。男同士の気楽な会にお邪魔しちゃ悪いもの」

「理佐は何か予定があるのか？」

「久しぶりに、学生時代の友達と会いたいなって思ってるんだけど、いい？」

「いいさ、ゆっくり楽しんでくるといい」

「じゃ、お言葉に甘えて」

理佐はホッとして答えた。

十八歳の時、北関東の田舎町から東京の大学に進学した。

西洋美術を専攻したのは、子供の頃から絵が好きだったからだ。自分に絵の才能がないのは知っていたが、将来、美術系の出版社に就職して、好きな画家の画集を出したいという夢があった。

しかし就職試験は全部落ちた。田舎の両親は「働くところがないなら帰って来い」と言ったが、とてもその気になれなかった。近くのスーパーに買い物に行くだけで、五人は知った相手に会ってしまうような窮屈な町である。どうしようかと頭を抱えていた時、画廊の求人広告が目についた。飛びつくように面接に出向いた。

採用されたのは幸運だったが、更に幸運だったのは、そこで夫となる孝史と知り合ったことだろう。

孝史は画廊の跡取り息子だった。しかし、それを笠《かさ》に着たり、横柄《おうへい》な態度を見せることもなく、いつも自然にそこにいた。ベテラン画家も、新人画家も同じように接し、高価な絵をキャッシュで買う婦人にも、安い絵をローンで買う女の子にも同じように「お目が高い」と笑い掛けた。

美術的価値のある貴重な絵を扱う時は、熟練した支配人が取り仕切るが、それにも別段こだわることなく、全面的に任せていた。商売にカリカリせず、人生をゆったりと楽しんでいる。本当に育ちのよい人間とは、そういうものなのかもしれない。

理佐はまじめに働いた。残業もいとわず、絵の勉強も怠らなかった。美術展や個展にはまめに足を運び、目を養った。

孝史はやがて、そんな理佐に好意を示してくれるようになった。

最初は、どう受け止めていいのかわからなかった。仕事の後に食事に誘われたり、休みの日に孝史の私的な仲間との集まりに呼ばれたりしても、彼のような人はそういうことを誰にでもさらりとするに違いない、と思うようにした。ひとりで舞い上がって恥をかくようなことになりたくなかったし、何よりも、せっかく手にした職場を失いたくなかった。

だから、孝史の気持ちが真剣であり、結婚を考えていると聞かされた時は、それこそ天にも昇る気持ちだった。

すべてがすんなり進んだわけではないが、しこりが残るほどの障害があったわけでもない。最初、難色を示した孝史の両親も結局は折れて、理佐との結婚を認めた。理佐の田舎の両親は「もったいない話だ」と、恐縮するばかりだった。

孝史との結婚は幸せに満ちていた。手にしたこの幸せを継続させるため、理佐も努力を怠らなかった。家の中をいつもきれいにし、料理に手を抜かず、孝史が心地よく暮らせる環境づくりに精を出した。やがて亜美が生まれ、幸せはもっとはっきりした形になった。

これからも、ずっとこの生活を続けてゆきたい、ゆけますように。

それが理佐の唯一《ゆいいつ》の望みでもあったはずである。

それなのに、幸二と出会ってしまった。


とにかく、まずセックスをしなければ、ふたりはまともに会話も出来ない。

金曜日、ギャラリーの仕事を終えると、理佐はまっすぐに幸二の部屋に向かった。玄関に入ったとたん、パンプスを脱ぐ間もなく幸二に唇を塞《ふさ》がれ、服を脱がされ、ベッドに行くのももどかしいまま、床の上でセックスをした。

ふたりとも、どうしてこうも我慢のきかない子供のようになってしまうのか、理佐にもわからない。ただ、こうしなければ何も始まらない。そして更にベッドの上で存分のセックスをした後、空腹を満たした動物のように、ようやく今、ふたりはシーツにくるまっている。

「人生は、自分の片割れを探すためにあるって聞いたことがあるだろ」

「ええ」

「理佐が僕の片割れだ。そのことがはっきりとわかる」

「私も同じよ。幸二は間違いなく私の片割れよ」

何よりも、このセックスが証明している。こんなにもぴたりと、自分の空洞を埋めるものを持った男が、この世にふたりといるはずがない。

「ずっとずっと一緒にいたい」

幸二の指先に力がこもる。

私だって……と答えたものの、つい声がくぐもる。

どんなに幸二を愛しても、自分には家庭がある。夫がいて、娘がいる。ふたりには、幸二に対するとはまったく別の愛情を持っている。身勝手と言われようとも、それもまた真実なのだ。

帰り際《ぎわ》、玄関先で幸二は理佐を抱きしめながら尋ねた。

「いつ、僕だけの理佐になってくれる？」

理佐は言葉に詰まる。

「絵も少しずつ売れるようになって来た。理佐と一緒に暮らせたら、きっともっといいものが描けると思うんだ。理佐を養うことだってできるし、娘さんだって引き取れる」

何と答えていいかわからない。答えが見つからない。

理佐は話をはぐらかした。

「どうしたの、急に」

「この間、ご主人と一緒のところを見たよ。六本木の美術館で」

確かに、三日ほど前、古くから付き合いのある画家の個展に夫婦揃《そろ》って顔を出した。

「会場にいたの？」

「ああ、隅っこにね」

「あれも仕事だから」

「すごい嫉妬《しっと》した。たまらなかったよ、僕じゃない男の隣で、理佐がにこにこ笑ってるなんて」

理佐は顔を上げて幸二を見つめる。

「このままじゃ、駄目？」

「理佐はこのままがいいって言うのか」

「こうして会えて、愛し合えるだけで、私は幸せよ」

「頭ではわかってる。でも、時々、いても立ってもいられなくなる」

「いつも幸二のことを考えてる」

「ご主人とセックスする時も？」

「やめて」

「するんだろう」

「しないわ。たとえしたとしても、それは幸二とするセックスとは違うものだわ」

「僕は嫌だ」

自分は決して恋に奔放ではない。強い野心や、欲を持っていたわけではない。もし、幸二と出会わなかったら、夫と娘との生活だけで十分に満ち足りて一生を終えることができただろう。

幸二を失いたくない。

でも、私には愛する家庭がある。

このふたつの現実は、理佐を容赦なく引き裂く。


結局、幸二の家を出たのはもう十一時に近かった。路地を急ぎ足で抜けてゆくと、目の前を赤い車が通って行った。ドアの横に消防の文字が見えた。

最近、頻発しているという放火を警戒しての巡回かもしれない。運転手がこちらに視線を向けたような気がした。見られないよう、理佐は咄嗟《とっさ》に顔を逸《そ》らした。

大通りに出てタクシーを拾い、シートに深く身を沈めた。

家庭ではうまく妻と母の役割をこなし、陰では幸二とめくるめくセックスをする。

他人からすれば、狡賢《ずるがしこ》く立ち振る舞っている貪欲《どんよく》な女に見えるだろう。でも、理佐の毎日は不安と怖《おそ》れに満ちている。いつか何もかもを失ってしまうのではないか。夫も亜美も、そして幸二も。

それでも会わずにはいられない。

幸二が自分の永遠の片割れである以上。

それからしばらくして、夕食を終え、亜美を寝かしつけると、めずらしく夫が「ちょっと飲もうか」と、誘った。

「赤ワインにしよう」

夫はキッチンに入って行き、ワインセラーを覗《のぞ》き込んでいる。理佐はグラスを用意し、冷蔵庫からドライフルーツを取り出して皿に移した。

居間のソファに腰を下ろして、ふたりで乾杯した。

「今日、お袋から電話があったんだ」

夫がグラスを口に運んだ。

「ほら、今年、親父《おやじ》が古希を迎えるだろう。そのお祝いをどうするかって」

「そうだった、すっかり忘れてた」

「家族のお祝いとは別に、古くから付き合いのある画家や画商や美術評論家なんかも招待して、ちょっとしたパーティを開きたいらしいんだ」

「そうね」

「そうなると、会場をどこにするか、料理はどうするか、引き出物は何を選ぶかって、いろいろと面倒なことも出て来るだろう。で、それを僕たちにやってもらえないかって言うんだ」

理佐は大きく頷《うなず》いた。

「もちろんよ。長男の嫁の私がするのは当たり前だもの。近いうちにお義母《かあ》さんのところに行って相談して来るわ」

「よかった、頼むよ。僕もできるだけのことはするから」

「お願いね」

「それでさ、その時、お袋から聞かれたんだけど」

夫がわずかに表情を変えた。

「何を?」

「二人目はどうなのかって」

理佐は戸惑いながら、グラスに目を落とした。

「僕もそろそろって思ってるんだけどって答えておいた。それでいいだろ」

「そうね」

「まあ、こういうのは授かりものだから、自然に任せるしかないんだろうけど。タイミングが悪いのかなあ、亜美の時は一発だったのに」

こんな言い方をしても、品が悪くならないのが夫の人柄だ。

「僕の努力が足りないか」

「さあ、どうかな」

理佐は肩をすくめる。

「泊りがけで月に二回も三回もゴルフに行ってちゃ、やっぱりまずいよな」

夫の苦笑に、理佐もぎこちなく笑って頷いた。

理佐は避妊のためのピルを飲んでいる。

そのことを、夫は知らない。

二人目のことを口にしてから、本当に夫は泊りがけのゴルフを減らすようになった。毎日の帰りも早く、理佐や亜美と夕食を共にすることが多くなった。だからと言って、いつもセックスするわけではないが、生活を変えようとしていることはわかる。暗に

「いつ?」と、排卵日を聞かれるたび、理佐は狼狽《ろうばい》してしまう。

「来週かな」

子供がいらないわけではない。できたら亜美にきょうだいを持たせてやりたい、長男である夫のことを考えると男の子が欲しい、との気持ちもある。

それでも、考えてしまう。

ピルをやめて大丈夫だろうか。幸二は避妊に協力してくれるだろうか。いや、不安なのは自分の方だ。我を忘れ、恍惚《こうこつ》に身を委《ゆだ》ねて、その瞬間、どうでもいいと思ってしまうかもしれない。女性用のフィルム状の避妊具を使おうか。でも、失敗も多いと聞いている。もし、幸二の子を妊娠してしまったら……。

いや、もしかしたらそれはとても幸福なことかもしれない。幸二の子をこの胸に抱くことができるのだ。しかし同時に、現実的でないこともわかっている。生まれてくる子供にそんな罪を背負わせられるはずがない。

理佐は幸二とふたりだけですべて完結した世界の中にいる。それだけで満ち足りている。子供まで望むのは傲岸《ごうがん》というものだろう。

妊娠するなら夫の子であって欲しい。でも、幸二とのセックスもやめられない。それにはどうしたらいいのか。

そして、そんなことを考えている自分に、理佐は身震いする。

私は何て女だろう。

「どうしてこの間、急に来られなくなったんだ」

幸二は理佐を激しく突き上げながら、恨み言を口にする。

「仕方なかったの、夫から泊まると聞いてたのに、急に日帰りになったから」

理佐は喘《あえ》ぎ声の中で、途切れ途切れに言い訳する。

スカートははいたままだ。ブラウスとブラジャーは顎《あご》の下までたくし上げられている。

昼間、幸二から何度も携帯に電話があり、ギャラリーを抜け出して来た。ほんの一時間ほどしかないが、それでも来ずにはいられなかった。顔を見るだけ、そのつもりだったのに、会えばやはりセックスせずにはいられない。

「やっぱりそうなんだ、僕よりご主人の方が大切なんだ」

「そうじゃない」

「だったら、どんなことがあっても僕に会いたいと思うはずだ」

「会いたかったわ、本当よ」

「理佐、僕は君がいなくちゃ生きてゆけないんだ、わかってるだろう」

幸二の声には嗚咽《おえつ》すら混ざる。

「私だってそうよ」

「嘘《うそ》だ」

「嘘じゃない」

嘘なんかであるはずがない。こんな空恐ろしいほど快楽に満ちたセックスを共有している男と、どうして離れることができるだろう。

幸二が理佐を裏返しにして、腰を引き寄せる。カーテンの隙間《すきま》から、真昼の陽射《ひざ》しが細く差し込み、理佐のヴァギナが晒《さら》される。恥ずかしいなんて思わない。恥ずかしいことなんて、幸二と理佐の間には何もない。

「僕と会わない間に、ご主人と何回した？」

「してない」

「そんなわけない、してるんだろ。正直に言えよ」

「私にとってのセックスは、幸二とするこれだけ……」

夫とのセックスは夫婦としてのひとつの約束事のようなものだ。幸二とベッドの中で繰り広げているものとはまったく質が違う。家族とはそういうものだ。家族である夫と、汗と唾液《だえき》と精液まみれになるセックスなんてできるはずがない。

かつて、夫とも激しい一時期を共有したことがあった。しかし結婚して半年もすると、それは日常の中に埋もれていった。やがて妊娠し、亜美が生まれ、男と女ではなく、父親と母親であることを選び取るようになった。それはとても自然な流れであり、形でもあった。セックスなんて、あってもなくても、夫との関係に何の影響もない。いや、もしかしたら、それがセックスというものなのかもしれない。

いつまでも底の知れない欲望と、果てしない快楽に支配されている幸二とのこの行為こそ、セックスとは違うものなのかもしれない。

義父の古希のパーティが近づいて、理佐は準備に追われていた。会場となるホテルに何度も足を運んで、料理や引き出物を決め、招待状の発送もした。

先日、夫から「夫婦で一度、検査を受けてみないか」と言われた。ピルはまだ飲み続けている。このままでは妊娠できないとわかっている。なのに、まだやめられないでいる。

幸二とはもう半月近く会っていない。会いたくて、触られたくて、入れられたくてたまらないのに、時間が取れない。

幸二の、理佐の携帯電話に連絡してくる回数が、だんだんと増えていた。

——いつなら時間が取れるんだ。

——どうせ来られないいんだろ、わかってるさ。

——理佐は、僕なんかいなくても平気なんだ。

そして今日、夕食の準備をしている時にも掛かって来た。

「もう我慢できない。すぐ来いよ、でなきゃ、僕がそっちに行く」

居間では夫の膝《ひざ》に娘が乗って、ふたりでテレビを観《み》ている。ガスレンジに掛かった鍋《なべ》からはビーフシチューの香ばしい匂《にお》いが立ち上っている。

「それで、僕たちのことみんなぶちまけてやる」

理佐は声を押し殺しながら答えた。

「幸二、無茶を言わないで」

「無茶を言ってるのは理佐の方じゃないか。僕のことを愛してるなんて口では言うけど、結局、何も行動に移さない。僕はいつだって、都合のいいように扱われて来たんだ。そのことにようやく気づいたよ。所詮《しょせん》、浮気相手でしかないんだ」

「違う」

思わず声が高まる。

「どこが違うんだ」

「幸二にばかり無理を押し付けてることはわかってる。私だって会いたいの。それを必死に我慢してるの、それだけはわかって」

その時、ママ、と聞こえて、理佐は顔を向けた。亜美が怪訝《けげん》な顔つきでキッチンの前に立っている。

「パパがビールだって」

慌《あわ》てて電話を手で押さえた。

「今、持って行く」

「うん」

亜美が夫の元に戻ってゆく。

「ビールで乾杯か。目に見えるようだよ、家族団欒《だんらん》の様子が」

皮肉な声が耳に広がった。

「幸二……」

「僕はいったい、理佐の何なんだ」

「近いうちに必ず行く。絶対に時間を作るから。だから今夜は我慢して、お願い」

「会いたいんだ」

「私もよ」

納得したのかはわからないが、それで電話は切れた。

結局、時間が取れたのは、それから十日も過ぎた頃だった。ようやく夫が久しぶりに泊りがけのゴルフに出掛けることになり、ハウスシッターに時間延長を頼んだ。

この十日の間、幸二は常軌を逸したように、日に何度も電話を掛けて来た。怒りをぶつけることもあれば、気落ちした声で懇願することもあった。時には、明るい声を聞くこともできたが、次の電話では泣いていた。

理佐はギャラリーを出て、急いでタクシーを止めた。こんな時に限って道が混んでいる。早く会いたい、早くしたい。下着の中は溢《あふ》れそうになっている。

幸二の家に着くと、まともな言葉も交わさぬまま、がむしゃらに抱き合った。

ふたりともあまりに飢えていて、愛撫《あいぶ》もなくすぐに挿入したが、それだけで理佐は気が遠くなるような快感に包まれた。自分の身体《からだ》にある空洞の、襞《ひだ》のひとつひとつまで一分の隙もなくぴたりと合う、こんなペニスを持つ男がいるなんて奇跡としか思えない。

私たちは間違いなく、もとはひとつの身体であったのだ。

幸二は容赦なかった。一度目の射精の後も、会えなかった日々を埋めるように、理佐を責め続けた。

もう、何も考えられない。幸二にすべてを委ね、人間ではない生き物になってゆく。いや、もう生き物ですらないのかもしれない。

遠くで、またサイレンの音がしている。悲しげに風に乗って流れて来る。

繋《つな》がったまま、幸二は呟《つぶや》いた。

「邪淫《じゃいん》をなした者は地獄に落ちて、業火《ごうか》に焼かれるんだ」

理佐は薄く目を開けた。

「僕たちは、この家に火をつけられても仕方ないことをしている」

イキそうになるのを、理佐はこらえる。

「そうなったら、一緒に焼かれてくれるかい?」

ヴァギナの中は煮えたぎったように熱い。

「理佐は僕のものだ」

幸二の声が耳に届く。

私は幸二のもの。幸二は私のもの。私たちは、私たちであることからもう逃れられない。

そうして……と、理佐は呟く。

「もう、どこにもやらない」

幸二の指が理佐の頬を包み、唇が重ねられる。そして、やがてその指は理佐の首へと回される。理佐は目を開けたままでいる。死ぬほど愛《いと》しい幸二の顔が、苦悩を滲《にじ》ませている。指先に力がこもった。息が苦しい。こめかみが痛くなる。眼の奥が膨れてゆく。意識が遠のく。

死ぬんだ、と、漠然と感じた。しかし、それは今まで知っていたどの快感よりも強く激しく、理佐の身体《からだ》を貫いた。

恐怖など感じなかった。もし、怖《おそ》れることがあるとしたら、死ぬことではない。死んでもいいと思っている自分だった。

それでも無意識に叫んだのだろう、幸二の指から力が抜けた。

「ごめん、ごめんよ、理佐……」

幸二が我に返ったように、理佐の身体を抱き締めた。

止まっていた呼吸が蘇《よみがえ》り、むせながら、理佐もやがて平静さを取り戻した。

「わかって欲しいんだ。僕がどんなに理佐を愛しているか」

「わかってる。私もどうしようもないぐらい幸二を愛してる」

「理佐、いっそ僕を殺してくれないか」

理佐は幸二の顔を凝視した。

「僕を殺してくれ。そうでなければ、僕はきっと理佐を殺してしまう。僕にはわかる、きっとそうなる」

「幸二……」

「そうなる前に、お願いだ、僕を殺してくれ」

週末、義父の古希のパーティに出席するため、理佐は朝早くから支度に追われていた。

朝食の後片付けを終え、夫のスーツとワイシャツとネクタイを揃《そろ》え、亜美に着せる服を選ぶ。自分も着替えなくてはならないのに、亜美が髪にリボンを結んで欲しいと言う。

「おい、これ理佐のギャラリーに出入りしていた画家じゃないか」

ダイニングで新聞を読んでいた夫が声を上げた。

亜美の髪を梳《と》かす手を、理佐はふと止めた。

「火事で亡《な》くなったんだってさ。放火らしいよ」

「そう」

理佐は再び亜美の髪を梳かし始めた。


パーティ会場で、理佐は夫の隣に立ち、笑みを絶やすことなく来客たちに応対している。

いらっしゃいませ。ありがとうございます。感謝しています。お世話になっております。

しかしそれは習性でしかない。感覚はとうに麻痺《まひ》して、自分が今、何をしているのかもよくわからない。

幸二はもういない。ひとりで業火に焼かれて死んでしまった。永遠の片割れは、もうどこにもいない。それは自分の半分が死んでしまったことと同じだった。

たぶん、多くの人間は、自分の片割れと出会えないまま人生を終わるのだろう。今となれば、それはそれで幸福なのだとよくわかる。幸二がもたらす快感もオーガズムも、知らなければそれで済んだはずだった。でも、知ってしまった。最高のセックスがどんなものか、もう身体が覚えてしまっている。幸二を失った今、自分は二度とそれを味わうことはできない。もう、永遠に。

会場は華やかな喧騒《けんそう》に包まれ、ところどころで笑い声や乾杯のグラスの音が上がっている。

幸二、幸二……。

理佐は胸の中で呼び続ける。

これでよかったの？　本当にこれでよかったの？

目の前に業火が見えたような気がした。

スイッチ

会社の中で、自分が若い女性社員たちからどんなふうに言われているか、千寿《ちず》はよく知っている。

今時めずらしいダサい事務のおばさん。

それに気色《けしき》ばむようなことはない。そう見えて当然だと思っているし、若い頃からそう言われて来た。

「少しは流行を取り入れた服を着るとか、化粧に凝るとかしたらどうなのよ。そんなのだから、年下ＯＬたちに馬鹿《ばか》にされるのよ」

同期入社の佑子《ゆうこ》は、それがたまらなく腹立たしいらしく、給湯室やロッカーで顔を合わす度、眉《まゆ》を顰《ひそ》めて抗議する。千寿はいつも肩をすくめ「そうね、そうする」と答えるのだが、もちろん、そんなことは少しも思っていない。たとえ地味で野暮ったくても、着ているものはそれなりに満足しているし、化粧も薄くだが、している。これで十分ではないか。

今日も、昼休みに会社を出たところで、佑子とばったり顔を合わせた。千寿は近くの定食屋に入るつもりだったが、佑子が「最近オープンしたレストランに行こう」というので、仕方なく付き合った。

アジアンを意識してまとめられたインテリアが洒落《しゃれ》たレストランだった。それぞれにランチを頼むと、佑子は改めて千寿を見た。

「そのスーツ、いつ買ったの？」

会社は私服なので、たいがい紺かグレーのスーツを着ることになる。

「三年、ううん、四年前だったかな」

「ラインが古臭い。肩幅だって合ってないし、衿《えり》の形も似合ってない」

「そうかな」

「ねえ、お願いだからもう少し自分に気を遣ってよ。手を掛ければそれなりに見られるようになるんだから。千寿がそんなだと、同い年の私まで同じに見られるでしょう。三十四歳はおばさんじゃないの。まだ、ばりばりの現役なんだから」

佑子は、佑子が言う通りの、ばりばり現役の女を生きている。仕事はできるし、恋の方も活発だ。美人で喋《しゃべ》りもうまい佑子は、ちょくちょく男から誘いがある。本人曰《いわ》く、結婚も何度も申し込まれているそうだ。

「でも、私は適当なところで手を打ったりしないわ。もし結婚するなら、これぞという男。経済的にも精神的にもね。私はもちろん、周りも納得するような男じゃなきゃ結婚する意味がないもの」

疲れるだろうな、と、千寿は時々佑子がかわいそうになる。いつも佑子は自分のポジションを保つことに精一杯だ。美しく華やかで、仕事もできるが恋愛にも事欠かない、ゴージャスな独身生活。そんな在り方を厳しく自分に課している。佑子が、それを自分の意志だと思っているところがいっそう辛《つら》そうに思える。もちろん、そんなことは口が裂けても言えない。そんなことを言おうものなら、プライドの高い佑子にどんな仕返しをされるかわからない。

「千寿、結婚は？」

佑子がチキンの香草焼きを口に運んだ。

「ぜんぜん考えてない」

千寿は首を振り、カップスープに手を伸ばす。

「はっきり言わせてもらうけど、それが私には不思議でしょうがないのよ。千寿は仕事に生きがいを見出《みいだ》すようなタイプじゃないでしょう。それで、結婚しないなんてどうして？」

「だって、私、ひとりでも楽しいから」

佑子は深くため息をついた。

「週末なんか、何をしてるの？」

「たまった洗濯と掃除をして、近くの商店街に一週間分の買い出しに行って、帰りにDVDを借りてきて、夕食を作って、ゆっくりそれを観《み》るの」

「それだけ？」

「部屋の模様替えとか、タンスの整理とか、そうだ、最近ベランダで植物を育て始めたの、それも楽しい」

「それで、何の疑問も感じない？」

「疑問って？」

「このまま年をとっていっていいのかって。将来のことを考えると、不安になったりしない？」

「別に」

もう佑子はため息さえつかない。

「じゃあ」

代わりに、探るような目を向けた。

「お金、貯《た》めてる？　もしかして、マンションなんか買おうとしてる？」

マンションは女の勝利のひとつの証《あかし》だ。佑子はまだ手に入れていない。そのことが、今のところ、佑子を脅《おびや》かす材料のひとつになっている。

「まさか。そんな気ないわよ。私は佑子と違って昇格試験も受けてないし、肩書きもないから年下の子たちと大して給料が変わらないこと、佑子も知ってるじゃない。生活費でやっとよ」

「そうよね……」

佑子は心底不思議そうな顔をする。目の前に座るこの女はいったい何を楽しみに生きているのか、そんな哀れみと軽蔑《けいべつ》が混じった目を向ける。

その目に千寿は気がつかないと、佑子は思っているだろうが、もちろん千寿はわかっている。けれども、少しも気にならない。

佑子は千寿に質問を向けるのに飽きたのか、自分のことを話し始めた。

「最近、知り合った男なんだけど、結構当たりなの。ルックスはまあまあだし、勤めている会社は一部上場だし、会話も面白いし、金払いもいいし」

それから声を潜めた。

「セックスも悪くないし」

「よかったわね」

その言葉に、佑子は少し不機嫌になった。千寿はもっと羨《うらや》ましがるべきだと思っている。千寿は内心ため息をつきながら、言葉を変えた。

「私には手の届かない夢のような相手だわ」

「いやね、そんなことないわよ」

佑子はようやく満足そうに目を細めた。


会社に戻って午後の仕事をしていると、尾野《おの》がやって来た。

「いつもお世話になっています。ご注文の品、お届けにあがりました」

千寿は席を立って尾野に近付いた。総務課には総務課仕様の伝票が何種類かあり、尾野の事務用品会社、尾野商会に一括して発注している。それを月に一度か二度の割合でこうして尾野自身が届けに来る。受け取りはいつも千寿の役目だ。

「毎度ありがとうございます。受取証にハンコをお願いします」

尾野が何枚かの伝票を差し出し、それに受領印を押して千寿は返す。

「お疲れ様でした」

「また、よろしくお願いします」

尾野はいつも千寿のような下《した》っ端《ぱ》社員にもぺこぺこ頭を下げる。受け取った伝票を手にして千寿は席に戻った。

尾野は四十六歳だが、髪が薄いせいか、もっと老《ふ》けて見える。背が低く、小太りで、およそハンサムとは言い難い。笑うと細い目が上目蓋《うわまぶた》と下目蓋とに埋まって見えなくなり、その人の良さそうな表情は、愛されるというより、軽く見られてしまいがちだ。当然ながら、女性社員たちからの評価は低い。低いと言うより、無視されている。今も千寿以外、誰も尾野に目を向けようとしない。

でも、千寿は知っている。

尾野の身体《からだ》はあたたかく柔らかい。尾野の指は巧みでしなやかだ。尾野の舌は、それ自体が意思を持った生き物のように的をはずさない。そして尾野は、心底、女を歓《よろこ》ばせるのが好きときている。

ドアをノックすると、尾野が会社で見せたのと同じ人の良さそうな顔を覗《のぞ》かせた。

「ごめんなさい、遅くなって」

「いいんだ、いいんだ、さ、入って」

尾野は千寿の手を取り、部屋へ招き入れた。

下落合にあるこのラブホテルが、いつもの逢瀬《おうせ》の場所だ。外で食事はせず、直接、部屋で待ち合わせる。千寿は会社の人間に見られたら困るし、尾野も妻に知れるようなことがあっては大事だ。尾野は、とりあえず専務という肩書きがついてはいるが、尾野商会のひとり娘に養子に入った身である。

外で食事をしないことに、千寿は不満など感じたことは一度もない。尾野はいつも、ホテルに来る前デパートの地下食品売り場に寄って、ワインやハムやチーズ、それも極上のものを買って来る。時には、冷酒と老舗《しにせ》料亭の弁当、あるいは、ラム酒とローストビーフにパンやサラダといった具合だ。

「血圧が高いから、医者にはいろいろと制限されているんだけどね」

巨大ベッドの上で、バスローブに着替え、尾野はそれを千寿に食べさせる。匂《にお》いの強いチーズや、果汁に満ちた果物を直接手にして、千寿の口に運ぶ。それを舌先で受け取り、咀嚼《そしゃく》する千寿を、時には果汁を口から溢《あふ》れさせ首までたらしてしまう千寿を、細い目をいっそう細めて眺める。

「千寿ちゃんと初めて飯を食った時、やっぱり僕の目に狂いはなかったと思ったよ」

一度だけ、ふたりで外で食事をしたことがある。初めて会った時だ。こぢんまりした割烹《かっぽう》料理屋だったが、向かい合って食べる間中、千寿も尾野も落ち着かなかった。ふたりとも、食べるという行為がすでにセックスの一部であることを認識していたからだ。

今日、尾野が用意した食事は京都の様々なおばんざいで、その中の煮穴子を、指でつまんで千寿の口へ運んだ。とろとろに煮込んだ穴子は、嚙《か》む必要がないくらい柔らかく、舌の上で崩れてゆく。その感触は、食欲というより、もっと別のものを満たしてゆく。

「どう？」

「おいしい、とっても」

「千寿ちゃんは、本当にいやらしい食べ方をするね。ほらほら、ついてるよ」

尾野は顔を近付け、千寿の唇の端についた穴子のたれを舐《な》め取った。

「そんなにいやらしい？」

「ものすごく」

「そんなこと、尾野さん以外の人に言われたことない」

「そうさ、僕以外の誰にもわからない」

「どうして尾野さんにはわかるの？」

「そうだなあ。僕はたくさんの女は知らないけど、自分にぴたりと嵌《は》まる子がいたら、絶対に見過ごさない。その自信はある」

「へえ」

「よく言うだろう。ゲイは一瞬にして、相手がゲイだとわかるって。相手がどんなに隠していてもね。それと同じだな。とにかくわかるんだ。千寿ちゃんのことだってすぐにわかった。でも、千寿ちゃんだってそうだろう、すぐわかったはずだ、僕だって」

確かにそうだと千寿も思う。初めて顔を合わせたのは二年ほど前だが、目が合ったとたん、千寿は尾野が自分にスイッチを入れる男だと気がついた。

いつもは自分にそんなスイッチがあることさえ忘れている。八時半には会社に行って、伝票を整理したり、パソコンを叩《たた》いたりして過ごし、五時十五分には退社する。残業のある時は、いやな顔をせず引き受ける。家に帰れば、夕食を自分で作りそれを食べて、風呂《ふろ》に入り、明日着る服をタンスから出して吊《つ》っておき、戸締りを確認して、十二時前には眠りにつく。

そのことに少しの不満もない。淡々と穏やかに暮らしている。けれども、いったんスイッチが入ると、千寿は自分でも驚くほど深く激しく大胆になる。

「それはね、綺麗《きれい》とか美人とか、そういうこととは関係ないんだ。こんなことを言うと、きっと周りには負け惜しみに聞こえるだろうけど、まあ、どう思われても構わないけど、僕は千寿ちゃんの会社にいる女の子たちには興味がない。彼女たちはセックスの本当の愉《たの》しみ方を知らないからね。それはいつだって何かと引き換えだ。男に対してではなく、セックスに対してちゃんと降参できる人ってそうはいないよ」

「それが私？」

尾野はゆっくり頷《うなず》く。

「そう、それが千寿ちゃんだ」

確かに、職場にいる女たちには、尾野の放ついやらしさは、決して見えないだろう。彼女らが求めているものを、尾野は何ひとつ持ってはいない。その分、尾野が持っているものを、彼女たちは一生知らずに終わる。そして、それはとても理にかなったことだと思う。

ごくたまに、本当にそれは稀《まれ》なことではあるけれど、千寿はスイッチを押す男と出会ってしまう。そして、そんな男を千寿も決して見逃さない。今までにも二度ほど出会い、痺《しび》れるようなセックスを繰り返した。だからあの時、尾野を見た千寿の目は、もう共犯者の色を帯びていたはずだ。

「それにね、僕はそういう女の子たちの興味を引かない男だということで、すごく気が楽なんだ。もし、僕がいい男で、なのに彼女たちに興味がなかったら、とても傲慢《ごうまん》な男になる。でも、僕はこんな冴《さ》えない男だからね。誰に遠慮することなく、僕はちゃんと僕にぴたりと嵌まる相手を見つけられる」

「奥さんは？」

「妻も彼女たちと同じだよ。だから、すごく気が楽なんだ。こうしていても、少しも罪悪感を持たなくていい」

穴子の煮汁で千寿の口の周りはべたべたしている。尾野が顔を近づけて、舌でべろべろと舐め上げる。千寿の背中から腰へ、さざめくような感覚がすべり落ちてゆく。千寿は小さく笑って身を捩《よじ》る。尾野の指がバスローブの裾《すそ》を割って、千寿の潤《うるお》った場所に伸びてくる。

尾野とのセックスは、いつも呼吸することさえもどかしい。皮膚が微熱を持ち、蠟《ろう》が炎に溶け出すように、唾液《だえき》と体液とため息とが互いの隙間《すきま》を埋めてゆく。どうしてこんなに私の身体《からだ》のことを知っているのだろう、と呆《あき》れるくらい、尾野の愛撫《あいぶ》は過不足なく千寿の欲望を満たす。どうしてこれほどこの人の身体のことがわかるのだろう、と困るくらい、千寿は尾野が悦《よろこ》ぶ術《すべ》を知っている。何をされても、何をしても、そこには快楽以外入り込む余地はない。そうして、昇り詰めた時、千寿はいつも、自分が人間ではない別の生き物になったような気持ちになる。

「もう、忙しくて大変」

佑子が頰を紅潮させて報告するのを、千寿は前と同じアジアンレストランで、前と同じランチを頰張りながら聞いている。

「ウィークデイは仕事が詰まってるでしょう、でも、一度は彼と食事をしなきゃ彼が拗《す》ねちゃうし。その上、土曜の夜は彼が泊まりに来るじゃない。でも、エステにも行かなくちゃならないし、買い物もしたいし、恋愛ってほんと大変」

佑子のフォークを持つ手は止まったままだ。

「この間、青山のレストランに行ったのね。彼ったら、花束を持って現れたのよ。それも大振りのカサブランカを抱えられないくらい。もう、店中の人に見られて、恥ずかしいったらなかったわ」

佑子は瞳《ひとみ》を潤わせ、うっとりと恋の過程を口走る。

「仕事は好きよ、ずっと続けるつもり。でも、仕事だけで一生を終えてゆくなんて寂し過ぎる。やっぱりパートナーが必要よ、人生を共に歩むパートナーが」

恋愛は、たぶん言語中枢《ちゅうすう》を刺激するのだろう。佑子のお喋《しゃべ》りはとどまるところを知らない。それを千寿は、決して皮肉ではなく、ほほ笑ましく聞いている。

「たぶん、近いうちに婚約すると思うの、私たち」

千寿は言った。

「それはおめでとう」

「残されている問題は二、三あるけど、何しろ彼が私にベタ惚《ぼ》れだから、結局そういう形になると思うの」

千寿は佑子の期待通りの言葉を口にする。

「いいわね、羨ましい」

「でも、まだ正式に決まったわけじゃないから、内緒にしておいてね」

「もちろんよ、誰にも言わない」

それから佑子はようやく自分の前にランチが置かれているのを思い出したらしく、しばらくビーフンやサラダを口に運んだ。

「あのね、この間、友人の結婚式に出席したの。今までは、ふりふりのウェディングドレスとか、キャンドルサービスなんて、死ぬほど恥ずかしいと思ってたけど、何だかそういうセレモニーも悪くないって思ったわ」

「佑子はスタイルもいいし、どんなドレスもよく似合うと思うな」

「ふふ」

佑子は満更《まんざら》でもなさそうに笑った。

それからもしばらく、恋人の話を聞かされた。喋るのに忙しくて、佑子の皿はなかなか減らない。午後の仕事が始まる十五分前には洗面所に入りたい。そうでないと、化粧直しのOLたちに洗面台を占領され、歯磨きするのも一苦労だ。

「千寿、聞いてる?」

「え?」

千寿は顔を上げた。

「だからね、千寿ももう少し将来のこととか、老後のことなんかを考えた方がいいと思うの。このままじゃ、ほんとに誰も相手にしてくれなくなるわ」

そうしていくらか声を潜め「セックスしてないと、更年期が来るのも早いっていうでしょう」と、付け加えた。

千寿は困ったように肩をすくめた。

「何だか、私ばかりが幸せになるのも気がひけるのよ。同期入社で残ったふたりだもの、私は、千寿にも幸せになってもらいたいの」

どうでもいいことと、どうということはないことは、いつだってとても似ている。千寿は「そうね、ありがとう」と答えながら、頭の中では、ベランダの鉢植えがしおれかかっていることを思い出し「会社帰りに肥料を買って帰ろう」と考えていた。

千寿は、人生を欲張るつもりなどまったくない。強烈に何かが欲しいとか、こうでなくては気が済まない、というような強い気持ちもない。大して重要でもない仕事だが、会社にいれば一生懸命働くし、夜の予定がなくても、週末を家事や植木の世話だけで潰《つぶ》しても、それらすべてを心の底から楽しむことができる。将来に備えていくらか積立預金はしているが、必死になって貯《た》め込むつもりもない。年末には、少しだけれど募金にも協力している。そんな千寿を佑子が理解できないのは、仕方がないことだ。世の中は、自分の欲しいものと他人の欲しいものは同じだと信じている人で成り立っている。

もちろん、尾野との逢瀬が心踊ることであるのは間違いない。けれども普段は、尾野の存在すら忘れている。尾野が目の前にいなければ、スイッチはオフになる。性欲にかられて、布団《ふとん》の中で何度も寝返りを打つようなこともない。いつもの穏やかな生活に、千寿は心から満足して過ごす。

今夜も、いつものラブホテルで会った。

デザート用のワッフルのためのメイプルシロップを、尾野は千寿の身体のあちこちに塗りたくり、それをぴちゃぴちゃと音をたてながら舌で舐め取ってゆく。

「千寿ちゃんは、本当にセックスが好きだね」

「そんなことを言われると、頭の悪い女みたい」

「いいセックスは、頭が悪くちゃできないよ」

「そうなの？」

「自分がどうされるといちばん気持ちよくなるか、それを身体で伝えるんだから」

「みんなそうでしょう」

「できそうで、できないことだよ」

「どうして？」

「本当に気持ちがいいってことが、どういうことか知らないから」

「私は知ってるの？」

「千寿ちゃんぐらい、知っている子はいない」

「何だか恥ずかしいけど」

「自慢していいんだよ。ほら、こうされたいって、身体が言ってる……ここ、気持ちいいだろう」

「うん……いい」

「僕の指と舌は、僕が動かしているんじゃない。千寿ちゃんに動かされているんだ。ほら、ここも。そうして、ここも。どう？　僕は見当違いなことをしてる？」

「ううん……」

千寿はもう言葉を口にすることさえできなくなる。身体は口も目も鼻も、手も足もない、性器そのものになっている。

昼過ぎに佑子から内線があり、会社が退《ひ》けてからお茶をしよう、と連絡が入った。忙しい佑子から退社後に誘われるのは珍しい。内心は早く家に帰りたかったが、それを伝える前に佑子は場所と時間を言い、さっさと電話を切ってしまった。

約束のティールームで待っていると、目の前に男が立った。

「川田《かわだ》千寿さんですか？」

男が言った。

「ええ、そうですが」

千寿は顔を上げた。

「やっぱりあなただったんですね。お店に入って来るのを見た時からそうじゃないかと思ってたんです」

男は千寿の向かい側に腰を下ろした。

「あの……」

「僕、田辺《たなべ》と言います。沢村佑子さんから紹介された者です」

「佑子ですか？」

「え、聞いてないですか？」

「ええ、何にも」

田辺の顔に困惑が広がってゆく。

「そうですか、それは困ったな……あの、彼女から紹介したい人がいると言われて……そうですか、何も聞かされてなかったんですか」

事情はすぐに飲み込めた。つまり、佑子は千寿に男をあてがおうというわけだ。佑子はお節介と自己顕示欲が一直線上にあるタイプの人間だ。

「あの、でもせっかくだから、少し、お話ししてもいいですか？」

そこまで言われて断るのも気がひけた。

「ええ、どうぞ」

田辺はウェイトレスに、自分のコーヒーカップをここへ運ぶよう頼んだ。

「僕も、もしかしたらこんなことじゃないかと思ってたんですよ。昼過ぎに、急に彼女から電話をもらって、会わせたい人がいるって」

「佑子とはどちらで？」

「彼女は大学の後輩なんです。この間、たまたま仲間のひとりの結婚式があって、顔を合わせたんです」

その話なら聞いたような気がする。

「僕が今、ふたりの子持ちのやもめだって聞いて、いい人がいるからって。いや、俺みたいなのに、そんな人がいるわけないって思ったんですけど、何かつい期待しちゃって」

田辺は照れたように頭に手をやった。

佑子が田辺を千寿に紹介した思いはよくわかる。千寿なら、この条件で十分と判断したのだろう。そのことをとやかく言うつもりはなく、いかにも佑子らしいと感じただけだ。

田辺は感じのよい男だった。嫌味もないし、卑屈でもない。くたびれた背広に、あまりセンスがいいとはいえないネクタイをしているが、それもどこかほほ笑ましく感じられた。

「お子さん、おいくつですか？」

田辺は少し頬を緩めた。

「六歳と二歳の男の子です」

「可愛《かわい》い盛りですね」

「いやぁ、やんちゃばっかりで」

「今日、お子さんは？」

「おふくろに見てもらってます」

そこでしばらくとりとめのない話をした後、夕食に誘われた。

どうしようか迷ったが、結局は断った。ただ千寿が、田辺の条件を聞いて興味を失った、というふうには取られたくなかった。そこのところをどう伝えればいいのか、千寿は思いあぐねた。

「今度、連絡してもいいですか？」

そのこともあって、田辺の言葉をすぐには断れなかった。

「どうだった、彼？」

翌日、出社するとすぐに佑子から内線電話が入った。

「びっくりした、そうならそうと言ってくれたらいいのに」

「だって、そうしたら千寿は行かなかったでしょう。彼、四つ上の先輩なんだけど、二年前に奥さんを亡《な》くしたの。ふたりの子持ちの男なんて、千寿にはちょっと悪いかなって思ったんだけど、すごくいい人だから。それは千寿も会ってわかったでしょう」

「それは、まあ」

「すぐ結婚なんて言わない。でも、ちょっとぐらい付き合ってみれば。週末、たまった家事と植木の世話で終わるよりいいんじゃないの」

佑子に何を言ってもわかるはずがない。それで十分と言っても、頭から信じない。千寿も無理にそれを理解してもらおうとは思わない。変わっているのは自分の方だ。佑子が悪いわけじゃない。

若いときから、いや子供の頃からひとり遊びが好きだった。本を読んだり、ぼんやり空想したり、リリアンを編んだり、自分でつくった訳の分からない歌を歌ったりしながら過ごした。母親は、友達を作ろうとしない千寿を不安がったが、孤立は少しも怖くなかった。むしろ、誰かに期待されたり、秘密を共有させられたり、約束をすることが苦痛だった。家族といてもそうだ。中学高校大学と、それなりに周りから浮かないよう努力したと思う。化粧もしたし、服にも気を遣った。男の子とも付き合ったし、セックスもした。けれどいつもサイズの合わない靴を履かされているような気持ちだった。就職し、ひとり暮らしを始め、ようやく自分のいちばん寛《くつろ》げる生活を手にすることができたのだ。

そして、尾野が現れた。凪《なぎ》のように過ごす毎日と、果てしなくまぐわうその瞬間は、互いに少しも影響を与えることなく存在している。千寿はそのことをとても幸運に思う。

「僕は、千寿ちゃんの一部だよ」

「どういうこと？」

「ベッドの上で、僕と千寿ちゃんは別々の人間じゃない。僕たちは、互いの身体《からだ》で自慰をしているんだ。僕の指は千寿ちゃんの指で、千寿ちゃんの舌は僕の舌だ。ふたつの身体ですべてになる」

田辺から時折、電話が入った。

遠慮がちに週末の予定を尋ねられることもある。千寿はその度「予定があって」と断っている。その気がないのに期待を持たせるようなことになってはいけないとわかっているし、実際に言葉にもしているのだが、田辺はしばらくすると、また「週末、あいていませんか?」と連絡をよこす。

千寿は少し負担になり始めていた。そのことを佑子に言うと「大人同士なんだから、後は自分たちでうまくやって」とけんもほろろだ。

佑子はここのところ機嫌が悪い。眉間《みけん》に力が入り、歩く姿も苛々《いらいら》している。どうやら恋人とあまりうまくいっていないらしい。

今日、伝票を配達に来るはずの尾野が現れなかった。代わりに、初めて見る若い男がやって来た。千寿は受領印を押した伝票を返しながら尋ねた。

「いつもの方はどうなさったんですか?」

「ああ、専務ですか……実は一週間ほど前、脳出血で倒れまして」

「え……」

千寿は思わず顔を上げた。

「もしかしたら仕事に復帰するのは無理かもしれません。その代わり、こちらの会社は僕が担当になりましたんで、これからよろしくお願いします」

久しぶりに、佑子と一緒にランチをした。

「田辺さん、まだ連絡して来る？」

このところ、佑子に誘われる時はいつもこのアジアンレストランだ。

「ええ、たまにだけど」

「その気がないなら、はっきり断った方がいいわ」

佑子は語尾を強めて、棘《とげ》のある言い方をした。

「お断りしているつもりなんだけど、うまく伝わってないみたいで」

「わかった」

「え？」

「私がはっきり言ってあげる。ほんと、男って自分勝手で察しが悪い生き物なんだから。後は私に任せといて。きっぱりNOって言ってやるから」

それから短く息を継いだ。

「考えてみれば、ふたりの子持ちの男なんて、条件として最低よね。そりゃあ、田辺さんはいい人よ、いい人だけど結婚となれば話は別、千寿もそこまで自分を安売りすることないって」

佑子らしいと、千寿は思う。自分が強引に引き合わせたことなどすっかり棚の上に置き忘れている。

「ねえ、思うんだけど、結婚って女にどんなメリットがあるのかしら。結局は、損することばかりじゃない。家事は増えるし、子供は産んで育てなくちゃならないし。なのに男はあくまで協力ってスタンスだけ。だいたい協力って何よ、当然半分は男が背負うべきものなのに、何もかも女に押し付けるんじゃないっていうのよ。最近、つくづくわかったわ。ひとりがいちばんね。好きに仕事して、好きに暮らすの。自分で稼いで自分で使うの。時々、恋愛だけしてね。ね、千寿、将来一緒に暮らさない？　海の見える気候のいいところ、伊豆の高級老人ホームとかさ」

「そうね、いいわね」

たぶん恋人と別れたのだろう。佑子の、そういうとてもわかりやすいところに、千寿はほっとする。

「ここのランチも飽きたわね」

佑子はぶつぶつ言いながら、レモングラスの香りがするスープを飲んだ。

尾野の病状がそれ以来どうなっているのか、千寿の元に情報は入っていない。尾野商会の若い社員が顔を出すようになってから、受領印を押す役目はいつの間にか、年下のＯＬが引き受けるようになっていた。それでも聞き出そうと思えばできないわけではないのだが、ついためらってしまう。

尾野は死ぬのかもしれない、と、ぼんやり考えた。尾野が死んだらどれくらい自分は悲しむだろうか。今の千寿には想像がつかない。

だいたい、尾野という男が本当にいたのか、こうしていると、その存在自体が、千寿のひとつの空想の中でのことのように思えてくる。

尾野の指や舌を思い出そうとしてももう思い出せない。身体の奥にあるスイッチは切れてしまっている。

「ねえ、ベランダで植物を育てるのって楽しい？」

佑子が尋ねた。

「楽しいわよ」

千寿は顔を上げ、ゆっくりと頷《うなず》いた。

「ふうん、私もやってみようかな」

またいつかスイッチを入れる男とめぐり合う時が来るだろうか。来ても来なくても、それで自分は幸福にも不幸にもならない。

私は私であり続ける。
そのことに、千寿は深く安堵《あんど》する。

浅間情話

平日の午後四時ということもあって、故郷の駅に降りる乗客は少なかった。ホームに出たとたん、依子《よりこ》は襟元をきつくかき合わせた。風が尖《とが》っていた。背中が硬くなり、鼻の奥が痛む。東京の、ぬるんだ空気の中で暮らしてきた十年近くの年月で、依子の身体《からだ》は、棘《とげ》を含んだ晩秋の冷気をすっかり忘れていたようだ。

もっと厚手のコートを着てくればよかったと後悔したが、母親から電話で「くれぐれも派手な格好で帰って来てくれるな」と、しつこく言われていた。選んだのはベージュ色のトレンチコートである。と言っても、ライナーはヒョウ柄だが、着ている分には見えない。

階段を上ってゆくと、改札口の向こうで、遠慮がちに手を上げる父の姿が見えた。見るたび老《ふ》けてゆく父は、依子をいつも戸惑わせる。それは後悔のようでもあり、腹立たしさにも似ている。老いを抵抗なく受け入れてゆく父は――それは母も同じだが――依子にとって田舎そのものだった。感慨に目を潤《うる》ますなどという、娘らしい感覚はとうに失っていた。

「電車、混んどったか」

改札口を抜けた依子に、父はぼそぼそと尋ねた。

「ううん、そうでもなかった。私の荷物、着いてる？」

「ああ、昨日な」

父の唇は乾き、頬が赤くまだらに染まっていた。ずいぶん前から待っていたのかもしれない。新幹線の到着時刻はわかっているのだから、早く来たなら車の中で時間を潰《つぶ》すとか、喫茶店にでも入ればいいと思うのだが、そういうことができない人だった。

軽井沢駅北口の駐車場に停めてあった軽トラックに乗り、十八号線を西に向かって走り始める。じきに浅間山《あさまやま》が姿を現した。すでに頂《いただき》はうっすらと雪に覆《おお》われ、周辺の町を威圧するように裾野《すその》を長く伸ばしている。小さい頃から見慣れているはずの依子も、思わず胸が詰まる思いで見上げていた。

結局、この町に戻ってしまった。

小うるさい狭い町から抜け出して、華やかな東京で色とりどりの幸福に包まれて生きるつもりだった。それがどうしてこんなことに——。その思いが舌の奥で苦く広がった。

町はずれにある実家には、二十分ほどで到着した。ここら辺りは別荘地とは違い、畑や田んぼといったどうということのない風景が広がっている。実家もまた同じだ。平凡な一軒家で、二階が六畳二間、下に台所と茶の間と両親の部屋がある。依子が生まれてすぐに買ったということなので、もう三十年近くがたつ。敷地は広いが、ほとんどは畑で、自宅のすぐ隣には農機具をしまう納屋《なや》がある。その周りは枯れた雑草や落葉が層を成していた。納屋の横に軽自動車が停まっている。母が使っている車だ。

七歳上の姉は長野市に嫁ぎ、三歳上の兄は仕事で大阪にいる。今は両親だけがこの家で暮らしている。

「帰ったぞ」

父の声に母が台所から顔を覗《のぞ》かせた。

「ああ、お帰り」

素っ気なく言い、依子の格好に素早く目を走らせると、母はホッとしたように引っ込んだ。大仰に出迎えられるより気が楽だが、歓迎されていないことをあからさまに見せ付けられたような気がして、ただいま、を口にする気も失《う》せていた。

二階にある高校卒業まで使っていた依子の部屋は以前のままだ。学習机とシールがべたべた貼《は》られたタンス、通販で買ったパイプベッド。ベッドには新しいカバーを掛けた布団《ふとん》が敷いてあった。押入れの前に、段ボール箱が六つ積まれている。結局、十年近い東京の生活で、依子の手に残ったものはそれだけだった。

食卓には野菜や川魚の煮つけが並んだ。母の味付けは懐《なつ》かしく、おいしかったが、それを言うとまるで自分の負けを認めるような気がして黙っていた。

「仕事、もう見つけてあるから」

母の言葉に、依子は箸《はし》を止めた。ずいぶん手回しのいいことだ。

「どんな仕事？」

「別荘のお宅で、家事を引き受けてくれる人を探してるって聞いたから、それに決めた」

「なにそれ、家政婦ってこと？」

「お手伝いや」

母は依子に顔を向け、眉根《まゆね》を寄せた。

「贅沢《ぜいたく》言っている場合じゃないだろ。仕事があるだけマシってもんだ。うちは、あんたを遊ばせておくほど余裕はないの。わかっているだろ」

返す言葉もなく、もそもそと依子は食事を口に運んだ。

父は造園の仕事をしている。かつては自分で経営し、若い衆を十人ばかり抱えるほど羽振りのよい時もあったが、今では店を畳み、知り合いの造園業者に雇われる身となっている。顧客の多くは軽井沢の別荘住人で、庭木の植え込み、植え替え、剪定《せんてい》に芝の管理、落葉の後片付け、時には薪《まき》の配達や、雪かきもする。需要はそれなりにあるが、もう七十に近い父親にとっては、楽な仕事ではないはずだ。

母は自宅の畑で作った野菜を、農協の直売所に入れている。大した量ではないし、収入もわずかなものらしいが、生産者の名前が明記されるということもあり、母にとっては生き甲斐《がい》にもなっているようだ。

「みんな独立させて、これでようやくひと安心と思ってたら、こんなことになってしまって。あんたのために、いったいどれだけ使ったか……」

「やめとけ」

母の言葉を父が遮った。

母の言いたいことはもちろんわかっている。依子の借金の肩代わりで、今までこつこつ貯《た》めてきた通帳の残高があっさりゼロになってしまったのだから当然だろう。

三か月ほど前、東京で一緒に暮らしていた男が、突然帰って来なくなった。しばらくしてアパートのドアをノックしたのは取立て屋だった。知らないうちに、男は依子を保証人にして、三百万ばかりの借金を作っていた。もちろん自力で返すつもりだったが、じきに依子は自分の手に負えそうもないことを実感した。利子がきつく、入金が一日でも遅れると、依子の勤める会社に頻繁に電話が掛かってくる。やがて人相の悪い男たちが、直接訪ねてくるようになった。リースという名前がついていても、実態はヤミ金らしいことに気づくのにそう時間はかからなかった。会社で噂《うわさ》になり、上司から「辞めて欲しい」と言われた。もう、どうにもならなかった。

何事もうまくやってきたつもりだ。ただ、自分には男運がないだけだったと依子は思う。わずかな美貌《びぼう》と野心が、却《かえ》って躓《つまず》きの元になったのかもしれない。前の男は女の尻《しり》を追い掛け回してばかりだったし、その前の男は暴力をふるった。今度こそはと、捕まえたのは借金だ。仕事を失い、アパートも引き払った。不本意でも、帰る場所はここしかなかった。

「別荘のご主人は広瀬さんといって、以前は東京に住んでたらしいけど、三年ほど前に奥さんがこっちのK病院に移ってきて、それからずっとこっちで暮らしてるそうだ。前に手伝いに行ってた人が、都合で急に辞めてしまって、とにかくすぐ来てくれる人を探しているっていうから、渡りに船とはこのことだ」

言いながら、母は前掛けのポケットから紙を取り出した。

「明日の朝十時に、あちらの家に行く約束になっとるから。これが地図。通うのは、私の軽四を使えばいい。私は自転車で間に合わすから」

借りた三百万を返すまでの辛抱だ。それさえ返してしまえば、またこの町を出られる。出て、今度こそ、自由に華やかに生きるのだ。そのためなら、家政婦ぐらいどうってことない。

「礼儀正しくするんだよ。言葉遣いなんかも気をつけて。こっちから頼んで回してもらった仕事なんだから」

依子は黙ってメモを受け取った。

翌日、段ボール箱をひとつ開き、ジーパンとトレーナーを引っ張り出して着替えた。昨日と同じトレンチコートを羽織って階下に降りてゆくと、母が目ざとく裏のヒョウ柄に眼をやった。

「何や、それ。近所のこともあるから、そんな派手なものは着るんじゃない。私のこれを着てゆけばいい」

そう言って、流行遅れもいいところのグレイのオーバーコートを出してきた。こんなものをまだ売る店があり、そして買う客がいる。田舎は妙なところで合理的にできている。断ると面倒になるのはわかっていた。昨夜《ゆうべ》の話を蒸し返されるぐらいなら、素直に着た方がよほど気が楽だ。依子はそれを羽織り、母の軽四に乗り込んだ。

塩沢湖の近くにあるその別荘は、森の中にひっそりと建っていた。丸太の門柱に「広瀬」と小さく名前が書かれてある。板壁の二階建てで、古びてはいるが、みすぼらしい感じはしない。造りがしっかりしているせいだろう。小さい頃、父親の仕事についてこの辺りをよく回っていたせいで、別荘のよしあしは自然とわかるようになっていた。急傾斜の屋根から黒い煙突が伸び、白っぽい煙が吐き出されていた。

玄関先にはチャイムがなく、依子はドアを少しばかり開けて「ごめんください」と声を掛けた。返事はない。大きめのスニーカーが一足、きちんと揃《そろ》えてあるのが見えた。もう一度声を掛けたが、やはり返事はない。ドアに鍵《かぎ》はかかっていないのだから、出掛けてしまったわけではないだろう。依子は玄関から離れ、裏に回った。

足の下で湿った土が、軟らかく押し返してくる。庭の手入れはあまりされてなく、雑木が好き勝手に枝を伸ばしている。

庭に出ると、ベランダで、男がスケッチをしていた。

依子は足を止めた。ここからは背中しか見えないが、厚手のダウンジャケットが鎧《よろい》のように男を包んでいた。この男が広瀬だろうか。スケッチ帳には目の前に広がる浅間山が描かれていた。

「あの」

依子の声に、男は振り返った。疲れた表情が年齢を曖昧《あいまい》にさせていたが、五十はいっていないだろう。意外な気がした。妻が入院中と聞いたので、てっきり老人だとばかり思っていた。依子は慌《あわ》てて頭を下げた。

「私、香田《こうだ》依子と言います。こちらにお手伝いに来た者です。すみません、玄関で声をかけたんですけどお返事がなくて」

「ああ」

広瀬は椅子《いす》から立ち上がった。

「申し訳ないが、もう一度玄関に回ってもらえるかな。ここにはスリッパがなくてね」

言われたとおり玄関に戻ると、広瀬がスリッパを揃えているところだった。

「どうぞ、あがって」

広瀬は依子をリビングに案内した。布張りのソファが、薪《まき》ストーブを囲むように配置してあった。広瀬は「好きなところに座るといい」と言い、自分はストーブのガラス戸を開け、薪を一本くべた。ぱっと火の粉が舞い上がった。

依子は好奇心いっぱいに部屋の様子を窺《うかが》った。隣の部屋との仕切り戸は開け放たれていて、ダイニングと、カウンターの向こうにキッチンが見える。どこもさっぱりと片付けられている。

「コーヒーをいれよう」

広瀬の言葉に、依子はソファから立ち上がった。

「私がやります」

「そう、じゃあ頼もうか。適当に棚を開けてくれれば、何でも入っているはずだから」

依子はキッチンに入った。広瀬の言ったとおり、それらはすべて揃っていて、依子はコーヒーを沸かし、リビングに運んだ。

広瀬はソファに深く沈んで、ベランダの向こうに見える浅間山を眺めていた。

「どうぞ」

「ああ、ありがとう」

依子もソファに腰を下ろした。

「あの、絵描きさんですか？」

「僕が？」

「はい」

「まさか。趣味で描いているだけだよ。他にすることがなくてね」

広瀬はほんの少し唇の端を緩ませた。すると、ほどけるように表情が柔らかくなった。何か話そうと思うのだが、何を話していいのかわからない。薪のはぜる音だけが部屋に満ちている。初対面の相手との沈黙は気まずいが、それでいて、居心地が悪いというわけでもなかった。

唐突に広瀬が尋ねた。

「それで、ここには来てもらえるのかな」

低めで、少し嗄《しわが》れた広瀬の声が、この古い別荘によく合っている。

「はい、よろしくお願いします」

依子が頭を下げると、広瀬はわずかに顎《あご》を引き、頷《うなず》いた。

朝の十時から午後五時まで。その間に掃除に洗濯、買い物、早めの昼食と夕食の用意、銀行や郵便局や役場への使いなどをする。広瀬はすべてにおいて鷹揚《おうよう》で、いちいち口を挟むようなことはなかった。料理に関してもとやかく言わず、昼食は蕎麦《そば》かうどんといった簡単なものだったし、夕食も凝ったものを希望することはなかった。

たったひとつの要望は、二階の寝室にある妻のベッドのシーツを毎日取り替えて欲しいというものだ。

「奥様、もうすぐ退院されるんですか」

尋ねると「いつ退院してもいいようにね」との短い答えがあった。昨日替えたばかりの、誰も使っていないシーツを替えるのはもったいない気がしたが、雇われの立場としては口を挟むべきことではない。

朝、依子が別荘に入ると、広瀬はベランダで浅間山を描いているか、薪ストーブの前のソファに座って本を読んでいた。朝はコーヒーだけで済ませているようだ。依子が用意した食事を終えると、十一時過ぎには車を出し、妻を見舞うために病院へゆく。だいたい夕方四時頃まで帰らない。

仕事としてはかなり楽である。顔を合わせるのはほんの二、三時間で、あとは自分のペースで掃除や買い物をすればいい。時々、ソファに横になり、眠ってしまうこともあった。土曜日は休みではないが、どうせ依子にも予定があるわけではなく、家で両親と顔をつき合わせていても気詰まりなだけで、却《かえ》って有難いくらいだった。家にいると、借金の元を取ろうとでもいうように、母が何やかやと用事を言いつけてくる。時間給は千円だが、この辺りの相場と較《くら》べても悪くない。

夕食の準備をするうちに、広瀬は酒を飲まないことを知った。冷蔵庫の中にはビール一缶もない。それでもキッチン奥の納戸《なんど》に、小型冷蔵庫ほどのワインクーラーがあり、色ガラスの扉の向こうに、一本だけ納められているのが見えた。よほど高価なワインなのだろう。

それから、ひと月ばかりが過ぎた。

人はこんな単調な生活を続けられるものかと、広瀬を見ているとつくづく思う。絵を描き、本を読み、あとは妻の入院する病院へ見舞いに行く。広瀬の毎日はその三つで成り立っている。別荘にテレビはなく、雑誌と呼べるようなものも置いてない。まだ老人とは呼べない年齢だというのに、笑いもせず、怒りもせず、古木のように日々を静かに過ごしている。それでも、広瀬の様子に何ら不満の色が見えないことが、依子は不思議でならなかった。

しばらくして、高校時代の友人から連絡が入った。

「依ちゃん、帰って来たんだって」

「うん、まあね」

狭い町のことだ。噂はすぐに広がる。

「久しぶりだから、みんなで集まろうよ。知ってる顔に声を掛けるから」

土曜日の夜、町外れのスナックに集まることになった。母はいい顔をしなかったが、依子はそろそろ息が詰まりそうになっていて、有難く誘いに乗ることにした。

スナックには、懐《なつ》かしい顔が十人ばかりも集まっていた。

久しぶり、元気だったか、と、口々に依子を歓迎してくれた。どの顔も、かつての高校生に確実に十年の年月が重なっていた。ボックス席に座り、乾杯をして、どうでもいいようなことに笑い転げた。こんなに笑うのは久しぶりだった。

「どうして帰って来たんだ?」

その質問は覚悟していた。

「ちょっと気分転換のつもり。ま、人生のリセットってやつよ」

「また東京に行くのか?」

「もちろん、いずれはね」

あらかじめ準備しておいた、答えにならない答えを口にした。誰もそれ以上問い詰めなかった。誰に事情を話さなくとも、もう噂は広がっているだろう。田舎とはそういうところだ。

酔いもほどよく回って来た頃、中のひとりがK病院の看護師をしていることを耳にした。依子は話題のひとつを見つけたような気分で尋ねた。

「ねえ、広瀬って人、入院してる?」

「広瀬?」

彼女の身体《からだ》からわずかに消毒液のような匂《にお》いがしたが、気のせいかもしれない。

「三年ほど前から入院してるって聞いたんだけど」

「ああ」

彼女は頷き、依子に目を向けた。

「知り合い?」

「今、そのダンナの別荘に手伝いに行ってるの。それで奥さんって、何の病気なの?」

彼女は声を潜めた。

「直接の担当じゃないから、詳しい状態はわからないけど、ずっと昏睡《こんすい》状態が続いている」

「昏睡状態?」

「何でも、睡眠薬を多量に服用したらしいの。命は助かったんだけど、目が覚めないままずっと眠り続けているの。うちの病院に来てから三年だけど、その前に二年、東京で入院していたって聞いた」

「それって、自殺ってこと？」

「さあ、どうだか。誤飲ってこともあるかもしれないし」

「それで、いつか目が覚めるの？」

「それはわからない、世の中には何十年も眠っている人もいるっていうし」

「そんなことがあるの？　それでちゃんと生きていられるの」

「そうなんじゃないの。栄養補給なんかはきちんとしているわけだし。実際、広瀬さんの場合はそうだもの」

やがて別の友人が話しかけてきて、会話は中断された。

依子は広瀬の顔を思い浮かべていた。自殺未遂か誤飲か、そんなことよりも、五年間も眠ったままの妻のために、広瀬が自分の生活のすべてを捧《ささ》げていることに驚いた。いつ目覚めるかわからない妻のために毎日ベッドのシーツを替えさせているなんて、聞いて誰が信用するだろう。

十時を過ぎた頃にはすっかり酔っていた。そろそろお開きにしようかという頃「悪い、遅くなって」と男がひとり店に入ってきた。明《あきら》だとすぐにわかった。

「おお、久しぶりだな。元気そうじゃないか」

明は以前と変わらぬ陽気な口調で、依子の隣に腰を下ろした。

「おかげさまで」

「男に騙《だま》されて借金作って帰って来たって聞いたから、落ち込んでるかと思ってたのに」

あまりにはっきり口にされたので、却って気が楽になった。

「それくらいで落ち込んでなんかいられないわよ」

「相変わらずだな。ま、それでこそ依子ってもんだ」

明とは高校生の頃に付き合っていた。体育館の裏でキスを交わし、ぎこちない指を依子の制服のブラウスの下に忍ばせてきた。時にはスカートの中にも伸ばした。セックスをしたのは、卒業式の夜だ。依子は翌日、上京することになっていた。「行くな」と明は言い「ごめんね」と依子は答えた。別れを惜しむ気持ちなど少しもなかった。頭の中は東京への期待でいっぱいだった。明とのことは、恋というより、大人になるためのひとつの手順のようなものだった。

そんなことを思い出し、気恥ずかしさと懐かしさがないまぜになって、依子の酔いに拍車が掛かった。

十一時を少し過ぎた頃、会はお開きになった。それぞれタクシーや運転代行サービスに連絡を取っていると、明が振り返った。

「車で送ってやるよ」

「いいわよ、飲んでるんでしょう」

「ウーロン茶だけさ」

誘われるまま席を立った。友人たちの間で、また噂《うわさ》になるだろうと思った。家まで送るはずが、明は国道をそのまま走らせた。そこに何があるか、依子はもちろん知っていた。

「いいだろう」

「奥さんも子供もいるくせに」

「似合わないよ、依子にそんなセリフ」

明に、高校の二年後輩だった妻と、五歳と二歳の子供がいることとは飲み会の席でわかっていた。けれども今更それを枷《かせ》にするには自分はもうはすっぱになり過ぎていた。この町を出る時、ひとつの手順を踏むように、明と寝た。この町に戻って来た今、また明とそうなるのも、ひとつの手順のようなものなのかもしれない。自分をこの町に繋《つな》ぎとめる理由が、たとえどんなに下らない理由だとしても、ないよりましに思えた。

間近に迫る時代遅れのモーテルの明かりが、少しだけ目に沁《し》みた。

いつものように別荘に出向くと、広瀬は伏せっていた。ここ数日、乾いた咳《せき》を繰り返しているのはわかっていたが、ついに熱まで出してしまったようだ。

昼食に玉子雑炊を作って部屋まで持って上がると、広瀬は大儀そうに上半身を起き上がらせた。

「すまない」

「熱いので、気をつけてください」

部屋の中は床暖房が効いており、昨日依子が用意した加湿器から白い水蒸気が上がっている。依子は妻のベッドのシーツをいつ替えようかとぼんやり考えていた。

「こんなことを君に頼むのは心苦しいんだが」

「はい」

依子は顔を向けた。

「病院に行って来てくれないか」

「お薬ですか？」

「いや、私の代わりに妻を見てきて欲しいんだ。昨日、風邪が妻にうつるようなことがあっては困ると、看護師に言われてね。行きたいのはやまやまなんだが、もしそうなっては大変だから、今日は諦《あきら》めようと思う。けれども、私が行かないと、妻はきっと寂しがる」

「行って、何をすればいいんでしょう」

「私が来れなくなったことを伝えてやってくれないか。目は開かなくても、耳が機能していることはよくあるそうだ。ほとんどのことは看護師がやってくれるが、できたら髪を結い直して、唇が乾いていたらリップクリームを塗って、あと、少しの間でいいから、手と足をさすってやって欲しい。感覚がいちばん戻りやすいのは指先だからね。必要なものは、みんな枕元《まくらもと》の棚にあるから」

たった一日のことではないか。五年間、眠ったままの妻が寂しがるなんてことがあるとは思えない。けれども、雇い主の指示ならそれも仕事のひとつだ。

「わかりました。広瀬さんがお食事を終えたら行ってきます」

「よろしく頼むよ」

広瀬はほっとしたように、玉子雑炊を口にした。

ナースセンターで病室を聞き、依子は広瀬の妻の病室に向かった。個室が多い病棟のせいか、廊下はひっそりしていた。

ドアの前に「広瀬登美《とみ》」の名前を認め、依子はノックした。返事がないが、眠っているなら当然だろうと、ドアを引いた。

病室は広々としていた。ブラインドが開けられた窓から、白い噴煙をゆったりと噴き上げている浅間山が見えた。午後の日差しを浴びたベッドで、広瀬の妻は眠っていた。

もしかしたら、生命維持装置のようなものが身体中に巻きつけられているのではないかと予想していたが、枕元に血圧と脈拍と心電図の測定機と思われる機械が、規則正しく小さな電子音をたてているだけだった。

おずおずと覗《のぞ》き込んだ。その顔は穏やかさに包まれていて、頰にはほんのりと赤味がさし、長い睫《まつげ》が美しいカーブを描いていた。今年で三十七歳と聞いている。髪を三つ編みにしているせいか、少女のように見えた。今にも目が開いて「あら、どなた？」と尋ねられそうな気がした。

「あの、私、香田と言います。今日はご主人の代わりに来ました。ご主人、風邪をひいてどうしても来られなくなったんです。本当は来たいんですけど、奥さんに風邪がうつったら大変だってことで、諦められたんです。なので、すみません。今日は私です」

言ってから、馬鹿馬鹿《ばかばか》しくなった。広瀬はあんなことを言っていたが、この状態の妻に言葉が届くとは思えなかった。このまま一階の喫茶店でコーヒーでも飲もうかと考えたが、後で看護師に告げ口などされたらたまらない。

仕方なく三つ編みになった髪をほどき、櫛《くし》で梳《す》いた。シャンプーしているのかはわからないが、髪はさらさらと櫛目を通り、匂いも少しも気にならなかった。頭を持ち上げた方がよいのかもしれないが、手を出すのは不安で、結局そのまままた三つ編みに戻した。唇にリップクリームを塗り、手足のマッサージに取り掛かった。五年間眠ったままの手足は、筋肉というものがまったくなく、柔らかい蔓《つる》のような頼りなさだった。ほんの少し力を入れただけで、骨まで砕けてしまいそうな気がして、依子はさするというより、触れる程度のことしかできなかった。

帰り際《ぎわ》、ふと呼び止められたような気がして、ドアの前で振り返った。広瀬の妻は同じ姿勢で目を閉じていた。

「ご主人、明日にはいらっしゃると思います」

かすかに笑ったように見えたが、もちろん錯覚に過ぎない。

明とは、週に一度、モーテルで落ち合うようになっていた。

食事に行くわけでも、ドライブに行くわけでもなく、待ち合わせてセックスをして「じゃあ」と別れる。

明の、小賢《こざか》しくとも健全な欲望に満ちた身体の下で、喘《あえ》ぎ声を上げながら、依子は時々、広瀬を思い浮かべた。

燃え盛る薪《まき》ストーブの前で、広瀬は今も、静かに本を読んでいるだろう。ふと目を上げ、そこにいるはずもない妻の姿を探し、すぐに短い息を吐いて、本を閉じ、諦めたように二階にある寝室に上ってゆく。隣にある空虚なベッドを、広瀬は毎晩、どんな思いで眺めているのだろう。

広瀬の意思は知らないが、決して性的魅力のない男ではなかった。少し癖のある一重の目や、穏やかな物言いは、女たちを惑わせるに十分な気配を漂わせている。けれども、今まで一度たりとも、いや一瞬たりとも、依子に対して意味のある視線を向けたことなどなかった。以前、この別荘に手伝いに来ていた女性は六十歳を過ぎていたと聞いている。広瀬はもしかしたら、依子がその後釜《あとがま》に来たことさえ気がついていないのかもしれない。

明のペニスが、いちばん感じる場所を突き、依子は声を上げた。もっと、もっとと思う。息を荒げて、湿った身体をのけぞらせ、淫《みだ》らな体液を溢《あふ》れさせ、獣のような匂いを撒《ま》き散らす。生身の男と女はこうして生きている。

年末が過ぎ、年が明けた。

元旦《がんたん》には、長野市に嫁いだ姉家族と、大阪に住む兄夫婦が訪れ、実家はかまびすしさに包まれた。狭い家の中で、依子ははしゃぎまわる子供らには辟易《へきえき》し、姉や兄の咎《とが》めるような詮索《せんさく》の目にも閉口していた。

二日にはもう、広瀬の別荘に向かっていた。

「もっとお休みしてもよかったのに」

玄関先で、驚いたように広瀬は言った。

「家にいてもきょうだいや子供らでいっぱいで、私の居場所がないんです。すぐ、お昼の用意をしますね」

依子はキッチンに立った。いつもは蕎麦《そば》かうどんといった簡単なものだが、今日は雑煮を作るつもりだった。重箱に家のおせち料理も詰めて来た。

「せっかくお正月なので」

依子が並べた料理を、広瀬はめずらしそうに見回した。

「母が作ったおせちですから、お口に合うかどうかわかりませんが、よろしかったら食べてみてください。広瀬さんは東京の方なので、お雑煮は醤油《しょうゆ》のさっぱりした汁《つゆ》にしたんですけど、それも本の通りに作ったので、正直言うとあまり自信はないんです」

広瀬が椀《わん》に口をつけた。

「いや、おいしいよ、とても」

「そうですか、よかった」

自分の声がひどくはしゃいでいるように聞こえて、依子は慌《あわ》ててキッチンに戻った。

「妻は関西の出身でね」

唐突に、広瀬が言った。

「雑煮は白味噌《みそ》仕立てでね、甘いんだ」

「そうなんですか」

洗い物の手を止めて、依子は顔を向けた。

「私はそれが苦手でね、よく喧嘩《けんか》をした。結局、元旦は醤油味で、二日は味噌味ってことで落ち着いた。今となると懐《なつ》かしいね」

依子は黙っていた。気の利《き》いた言葉を探したが、何も浮かばなかった。

食事を終えると、広瀬はいつものように病院に出掛けて行った。

重箱には料理が半分近くも残っていた。片付けようとして、ふと、依子は広瀬の椅《い》子《す》に腰を下ろした。それから箸《はし》を手にし、口に含んだ。箸先は湿っていて、依子の知らない味がした。知らない男の味がした。


「まだ爺《じい》さんってわけじゃないんだろう」

「ぜんぜん、五十前だもの」

いつものモーテルで、明とふたり、上気したままの身体《からだ》をベッドに横たえている。

「金持ちだってことだけは確かだな。仕事もせず、看病だけして、それで十分暮らせるんだ。それなりの収入がなきゃできない」

「まあ、そうなんじゃない」

「おまえ、何とかならないのか？」

「何とかって何よ」

「うまいことたらしこんで、おまえが抱えている借金ぐらい引き出せないのかってことさ」

「どうだかね」

依子は寝返りをうった。

「年はいってないけど、もうすっかり枯れてる。自分が男だってことも忘れているんじゃないかしら」

「そんな男いるもんか。男はな、たとえ下半身不随になったって、女の身体を触りたいものなんだ。知らん顔してて、実は、依子にすけべ心を燃やしているんじゃないのか。奥さんが眠ってるんじゃ、たまるものもたまってるだろうしさ」

明は口元に品のない笑みを広げた。

依子は広瀬を思い浮かべた。絵を描く姿、食事の様子、本を読む佇《たたず》まい、どれをとっても、広瀬に性的な気配などまったく感じられない。

「まあ、おまえは男運が悪そうだしな」

「まったくね。田舎に帰って、早速あんたみたいなろくでなしと付き合っているんだもん、ほんとにそう」

明は気を悪くするでもなく、あっけらかんと笑った。

明とはあと半年、いや三か月もすれば、こんなところで会うこともなくなるだろう。二人のことが、周りに憶測程度で収まっている間に遊びを切り上げる。この町で一生暮らす明は、それなりに妻や子供を大切にしていて、依子によって失ってしまうほど愚かではないはずだ。もしかしたら、友人たちと飲み過ぎた夜、自慢話のように依子とのことを口にすることもあるかもしれない。けれど、その頃にはもう、依子がこの町から消えている。

ブラウスのボタンをひとつ多めにはずしてみたり、口紅を濃いめにひいてみたり、身体のラインにぴったり添った服を着てみたりしたが、まったく意味など持たないことは、すぐにわかった。

明の言葉を笑い飛ばしておきながら、実は胸の隅では、小さな画策を企てていないわけでもなかったが、それと同時に、打算だけではない何かが、依子の心の中でわずかに揺れていた。眠り続ける妻よりも、与えられるものをたくさん持った女がそばにいることに、広瀬は気づこうとしない。そんな広瀬の背を、広瀬の指を、広瀬の穏やかな物言いを、焦《じ》れったい思いで受け止めている自分がいる。

二月に入って、軽井沢は町そのものが凍りついたようだった。

最高気温が零度を超えない日も、広瀬は欠かさず妻の元へと通って行った。妻の髪を梳き、唇にクリームを塗り、手や足をさすり、窓の向こうの浅間山に時折、目をやる。その様子を想像するだけで、依子は腹立たしいような狂おしいような気持ちになった。

その夕方、夕食の準備をしている依子に、広瀬が「ワイングラスを用意してくれないか」と声を掛けた。

「えっ、お飲みになるんですか？」

「ああ」

手伝いに来てから、広瀬が酒を飲むのは初めてだ。

「珍しいですね。広瀬さんはお酒を飲まないんだと思ってました」

「今日は特別な日だから。妻の誕生日なんだ」

広瀬は自ら納戸《なんど》に行き、ワインクーラーに一本だけ入っていたワインを手にして戻ってきた。

「ワインに合うお料理じゃなくてすみません」

依子はグラスをテーブルに置いた。

「そんなことはぜんぜん構わない。もし、よかったら君も飲むかい？　ひとりでは、とても一本はあけられない」

「じゃあ、お言葉に甘えて」

広瀬と酒を飲むチャンスなどそうそうない。もしかしたら、これが何かのきっかけになるかもしれない。帰りはタクシーを呼べばいいだけのことだ。何がどう転がって、泊まることになるとも限らない。依子は自分のためのグラスを持ってきた。

広瀬がグラスにワインを注ぐ。ふと、依子はラベルに目を止めた。

「登美……このワイン、奥さんと同じ名前なんですね」

「そうなんだ」

熟《う》れたぶどう色のワインが、グラスを満たしてゆく。依子はグラスを軽く持ち上げ、ワインごしに広瀬の表情を見た。

「じゃあ、奥様の誕生日を祝って、おめでとうございます」

「ありがとう」

ワインについて詳しいことは何も知らないが、濃い香りと艶《つや》っぽい味わいが、喉《のど》をゆっくり下りてゆく。身体の内側にふわりと温まるような心地よさが広まった。

「毎年、奥様のためにこうしてワインで乾杯していらっしゃるんですか？」

「ここ何年かはね」

「広瀬さんひとりで？」

「でも、次の誕生日はきっと妻とふたりで祝える」

「お優しいんですね」

「優しい？　私が？」

「だって、奥様の誕生日のために、同じ名前のワインなんて」

広瀬は短く息を吐き、自分のグラスにワインを注ぎ足した。カーテンを引いていない窓に、浅間山のシルエットが薄く暗く浮かんでいる。

「だって、今も奥様を毎日見舞っていらして。そんなことができるご主人なんて、そうそういません。幸せな奥様だなって、いつも羨《うらや》ましく思ってるんです」

「君は」

広瀬は一瞬、言葉を途切らせた。

「君は、無関心がどれほど残酷な仕打ちか、知っているかい？」

すぐには意味がわからず、依子は広瀬を見つめ返した。

「私は長い間、気づかなかった。そんなことなど考えてもみなかった。自分がそういうことを平気でする人間であるかどうか、そんな疑問さえ持ったことがなかった」

ストーブの中で、薪《まき》が崩れた。

広瀬の喉を、ワインが生き物のように下りてゆくのを、依子は見ていた。

結婚したのは、私が三十二歳で登美はまだ二十三歳だった。

知り合いの紹介だったが、登美はどこか子供のようなところがあって、いつも楽しそうに笑っていた。すれてないところが、私にはとても新鮮に映った。その頃の私にとって、正直なところ結婚はさほど興味のあるものではなかった。呆《あき》れられるのを覚悟で言えば、女に不自由することがなかったからだ。周りからそろそろ身を固めろと言われて、たまたまそこにいたのが登美だったということがある。登美なら従順だろうと踏んだ。私が何をやろうと文句は言わないだろうとね。私はその頃、弟と共に父の仕事を引き継いで、とにかく遮二無二《しゃにむに》働いていた。若くて、傲慢《ごうまん》で、エネルギーに溢れていたから、仕事が終われば毎夜のように飲み歩いた。女遊びも相当のものだった。決まった女も何人かいたし、その日限りの女ならもっといた。登美に気遣うつもりがないから、それとわかるようなことも平気で家に持ち帰った。女の家に泊まることも、週末のゴルフに同伴させることもあった。それを知っていても、登美は何も言わず、いつも笑って待っていた。家で食事したことなどほとんどない。今日は早く帰ると言って、連絡もせずにそのまま飲みに出掛けてしまうこともしょっちゅうだった。子供でもできていればまた違っていたかもしれない。登美はとても欲しがったが、私はできないものはしょうがないと思っていた。女と違って、男は相当の年齢になっても、相手さえ選べば子供は持てる。そんな気持ちもどこかにあったからだ。

あの日の朝、登美は私に一枚の紙を差し出した。離婚届だった。登美が私に離婚を申し出る、そんな筋書きなど私の生活には有り得ないことだった。「人は、誰かに必要とされていなければ生きてゆけない」そんなことを登美は言った。私は笑った。子供みたいなことを言うなと返した気がする。登美も笑った。それでいて、両目からぽろぽろと涙を落とした。登美が泣くのを見たのは、その時が初めてだった。しかし出社して、仕事を始めた頃には、そんなことなどもうすっかり忘れていた。仕事を終えて、いつものように街に繰り出した。思い出したのは、帰りのハイヤーに乗り込んだ時だ。その時になって、どうして今朝に限ってあんなことを言い出したのだろうかと、考えた。それで、今日が登美の誕生日だったことを思い出した。何だ、気がつかない私に拗《す》ねていたのか。だったら何か土産でも買って帰れば気も済むだろうと思った。ちょうど、深夜営業の酒屋が目に付いて車を停めた。シャンパンか、それともワインか。店の中をぶらぶらと回っていると「登美」というラベルが目に入った。とてもいいタイミングのように思えた。私はそれを包んでもらった。登美のことだ、朝のことなどすぐに忘れて、このワインを手にしてはしゃぐだろうと、気楽に考えていた。けれども、その時にはもう、登美は長い眠りについていた。

その後のことは、あまりよく覚えていない。私は、自分でも驚くほど我を失った。その時になって、私は自分の罪の深さを思い知らされた。無関心でいるということが、どれほど残酷な仕打ちであるか、初めて気がついた。命は助かったが、登美は眠りから醒《さ》めようとはしなかった。醒めることを拒否しているように、私には思えた。登美は私を許していない。だから目を開けようとはしない。しばらくして仕事に戻ったが、何も手につかなかった。登美はいつも私の帰りを待っていた。それだけの毎日だった。だから、今度は私が待とうと決めた。登美が、長い眠りから帰るのを、ただひたすら待とうと。仕事はすべて弟に委《ゆだ》ねた。軽井沢に転院したのは、登美がこの町を気に入っていたからだ。新婚旅行で来た場所だ。時間がないという私の自分勝手な理由だったが、登美はたいそうここが気に入った。特に、浅間山の雄大さに歓声を上げて、何枚も写真を撮っていた。また来よう、と約束したが、それを果たさないままだった。目を覚ました時、ここなら登美がどんなに喜ぶだろうと思った。登美がいつ目覚めるか、それは誰にもわからない。けれども、私はいつまでも待つつもりだ。いつまでも、いつまでも待つつもりだ。

不意に視界が滲《にじ》み、依子は慌《あわ》てて瞬《まばた》きした。

その時になって、自分が泣いていることに気がついた。

依子は中指で涙をすくい上げ、濡《ぬ》れた指先を眺めた。そうして、もう何年も涙など流していなかった自分を思い出していた。

広瀬は放心したように、窓の向こうを眺めている。

泣いたら、負けのような気がしていた。男に裏切られても、殴られても、キッと目を上げ、はすっぱな言葉を口にし、抵抗してきた。それが自分を守る唯一《ゆいいつ》の武器のように思っていた。実際、そうだった。私はそうやって自分を支え、守り続けてきた。けれども、もしあの時泣いていたら、私はもっと別の人生を送っていたのかもしれない。

薪が崩れ落ちた。

今日、どんな話を広瀬から聞かされたとしても、明日にはまた軽四を走らせて、私はこの別荘に来るだろう。そうして、広瀬のために食事を作り、掃除をし、買い物に出掛け、妻のベッドのシーツを替えて、見舞いに出掛ける広瀬を見送る。もし、広瀬が行けない時は、私が代わりに出掛けよう。眠る登美の髪を梳《す》き、唇にクリームを塗り、手足をさする。

その単調な繰り返しが、いったい何に繋《つな》がってゆくのか、今の依子には想像も及ばない。ただ、登美が広瀬を待ち続けたように、今は広瀬が登美を待ち続け、その姿を見届ける誰かが必要なら、それが自分であることも悪くないように思えた。

ワインはもうすぐ底をつく。

広瀬はグラスを手にしたまま、窓の向こうに意識を奪われている。もう闇《やみ》に隠れて浅間山は見えない。けれども広瀬には、そしてたぶん登美にも、それは確かに見えている。

依子もまた、その存在を確かめるように、ゆっくりと窓に視線を滑らせた。

白い顔

のっぺらぼうを知っている。

小さい頃、近所に住んでいた。

仲のよかった雅恵《まさえ》ちゃんのおかあさんだ。みんなに羨《うらや》ましがられるような綺麗《きれい》なおかあさんなのに、時々、のっぺらぼうになる。

初めて見た時は驚いて、慌《あわ》てて母親の袖《そで》を引っぱった。

「のっぺらぼうだ」と、指差すと、母親に「馬鹿《ばか》なことを言うんじゃないの」と叱《しか》られた。どうやら、みんなには見えないらしい。たとえ見えたとしても、言ってはいけないらしい。

つるりと白いだけの顔は、初めて見た時は怖かったが、驚かせたり脅したりするわけではなく、接する時はいつも通り雅恵ちゃんの優しいおかあさんで、じきに慣れてしまった。

スーパーで買物をしている時、授業参観で後ろに立っている時、気がつくと、雅恵ちゃんのおかあさんはのっぺらぼうになっている。そのまま腰を屈《かが》めて「秋子《あきこ》ちゃん、学級委員になったんですってね。えらいのね」と顔を近づけてきたりした。

雅恵ちゃんのおかあさんは、私がのっぺらぼうと知っていることに気づいていなかったと思う。雅恵ちゃんのおかあさんはどうだったのだろう。自分が時々のっぺらぼうになることを知っていたのだろうか。

そんなことを思い出したのも、今日、デパートで雅恵とばったり会ったからだ。

雅恵の家族が引っ越して行ったのは小学校五年生、十一歳の時だったから、二十二年ぶりの再会だった。

「間違っていたらごめんなさい、もしかして秋ちゃんじゃない？」

アクセサリー売り場で、何の気なしにイヤリングやブローチを手にしていると、隣に立つ客に唐突に声を掛けられ、秋子は一瞬、面食らった。

「ええ……」

「ああ、やっぱり秋ちゃんだわ。私のこと、覚えてる？」

明るく染めた髪に流行の化粧、華やかなプリントスカートに、身体《からだ》にぴたりと添ったジャケットを羽織っている。主婦ではない、そのことだけはわかる。誰だろう。それでも、どこかしら見覚えのある面差《おもざ》しを眺めているうちに、ゆるゆると過去が帰ってきた。

「……雅恵ちゃん？」

「よかった、思い出してくれて。久しぶりねえ、元気だった？」

「おかげさまで。雅恵ちゃんも元気そう」

「ええ、私も何とかね」

偶然の再会を、互いに喜び合った。

「ねえ、時間あるかしら。せっかくだから少しお喋《しゃべ》りがしたいな」

「もちろんよ」

地下にあるコーヒースタンドに移動して、コーヒーを飲みながら、しばらく近況を報告しあった。あれからどんなふうに過ごし、今はどんな暮らしをしているのか、当然ながら、互いに興味がある。

「結婚してるんでしょう」

雅恵の問いに、秋子は頷《うなず》いた。

「五歳の娘がひとりいるの」

「ご主人、どちらにお勤め？」

素早く聞かれて、いくらかためらいながらも、社名を口にした。

「すごいわねえ、一流会社じゃないの」

予想通り、雅恵は少し大げさ過ぎるくらいの声を上げた。

「そんなことないって、所詮《しょせん》はしがないサラリーマンだもの」

もちろん悪い気はしない。確かに夫は有名企業の社員で、それも主流にいる。経済的にも、環境的にも、今の生活に秋子は満足していた。

「さすが秋ちゃんだわ。あの頃から勉強もスポーツも万能で、先生の信頼も厚かったし、可愛《かわい》かったから男の子の憧《あこが》れの的だった。幸せな結婚をして当然よね」

秋子は苦笑しながら首を振った。

「やめてよ、昔の話なんて。今は平凡な専業主婦よ。それより雅恵ちゃんはどうなの？」

「私は商売をしてるの」

「すごいわ、女性起業家じゃないの」

「そんなかっこいいものじゃないわよ、従業員が三人だけの零細企業だもの」

結婚は？　とは聞かなかった。そんな質問は野暮に思えた。どうみても、雅恵に生活の匂《にお》いはしなかった。

そんな秋子の思惑を感じ取ったかのように、雅恵は答えた。

「私は目下独身」

「そうなの」

「一度失敗して、もうこりごり。それでわかったの、私って、夫婦とか家族というものが似合わない性分だってことに」

「そんなこと……」

秋子の語尾が濁った。返答は難しい。否定しても肯定しても誤解されそうに思える。さりげなく話題を変えた。

「ねえ、おかあさん、お元気？」

雅恵がコーヒーカップを持つ手を止めて、困ったように首を傾《かし》げた。

「あら秋ちゃん、知らなかった？」

「何を？」

「うちの母親よ、おかあさんから何も聞いてない？」

「ううん、何にも」

雅恵の母親は綺麗で、優しくて、働き者で、近所でも評判のしっかり者だと言われていた。考えてみれば、その母親がどうしてのっぺらぼうに見えたのか、今となってみれば、理解に苦しむ。幼い頃にありがちな、想像と幻影の境目が区別できなかったのだろうか。

「今更こんな話をするのもどうかと思うけど」

言いながら、雅恵はゆっくり足を組み替え、宙に視線を泳がした。

「ほら、あの頃住んでた家の近くに川が流れていたでしょう。まだ堤防もなくて、石ころばかりの河原で、雨が降ったらすぐに水嵩《みずかさ》が増えて大変だったじゃない」

記憶が蘇《よみがえ》って来る。そうだ、学校から帰ると、約束しなくてもみなであの川に遊びに出掛けたものだ。

「橋のたもとのアパートに、夫婦っていうのかしら、とにかく男と女が住んでいたの覚えてない？　二階のいちばん奥の部屋。女の方は夕方になったら派手な格好をして出掛けていくの。男はいつもお酒を飲んで顔を赤くしてた」

「ええ、ええ、いたわ」

秋子は頷いた。確かにいた。川で遊んでいて、ふと顔を上げると、窓際《まどぎわ》の柵《さく》に寄り掛かり、とろんとした目で空や川を眺めている男の姿があった。時々、生きているのか死んでいるのかわからない顔でこちらを見ていて、ひどく怖かったことを覚えている。

「あの男はいわゆるヒモだったのよね。女のいない間はただ飲んだくれているだけの」

言われてみれば、その通りだったのだろう。けれども、なぜ雅恵がいきなりあの男の話題を持ち出したのかわからない。

「うちの母親ね、あの男とデキてたの」

唇を歪《ゆが》めながら、雅恵はすっぱな言い方をした。一瞬、何を言っているのかわからなかった。

「それが父親にバレて、離婚したのよ。だから、あそこに住みづらくなって引っ越したの」

あの母親が、あの男と？

雅恵の口から聞いても信じられない。

「それ以来、母親の消息は知らない。あの男と一緒になったのか、それとも、ひとりで生きているのか。音信不通だから」

秋子は短く息を吐き出した。

「驚いた」

「でしょうね」

「優しくて、綺麗なおかあさんだった……」

「私もそう思ってた。よりによって、あんな男とどうにかなるなんて、今も私、理解できない」

「そう」

「人なんてわからないものね。優しい母親の顔をしていても、その下に、どんな顔を隠し持っているか想像もつかない。もしかしたら、私の結婚がうまくいかなかったのも、それが影響しているのかもしれない。自分が本当はどんな女なのか、信用できないっていうか」

いくらか投げ遣《や》りな口調で雅恵は言った。聞かなければよかったと、秋子は後悔した。

「ごめんなさい、いやなこと思い出させちゃって」

「いいのよ、どうせ秋ちゃんのお母さんに聞けばわかることだもの。それに、こうして気楽に口にできるくらい、もうどうでもいいことになってるから」

「ねえ……」

その時になって、馬鹿げた質問をしようとしている自分に気づいた。

「なあに？」

「ううん、何でもないの」

母親は時々のっぺらぼうにならなかったか。

そんなことを聞いたら、雅恵はどんな顔をするだろう。

三十分ほどが過ぎ、席を立って、コーヒースタンドの前で別れた。「いつか、また」と雅恵は言い、秋子も「ええ、そうね」と答えたが、電話番号も住所も交換していない。これから交流を持つようなこともないだろう。女同士は、瞬時にして、相手と自分のもっとも心地よいスタンスを測る。偶然再会して、ちょっと話し込んだ。それがいちばん賢い選択だと雅恵もすでに知っているのだろう。

娘の梨佳《りか》が通う幼稚園では父母会の世話係をしている。町内の婦人会では班長を引き受けている。近所に住む義父母は、腰が痛いやら、身体がだるいと言って、何かと秋子を呼び出してくる。

秋子の毎日は忙しい。

だからと言って、愚痴を言うつもりなどさらさらない。夫はまじめで子煩悩《こぼんのう》だし、梨佳も素直ないい子に育ってくれている。家のローンはまだ二十年以上残っているが、会社からの手当てもあるし、いずれ義父母の財産は夫に譲られる。何もかも順調だと、周りからはいつも羨ましがられている。そして、その通りだと秋子も思っている。

小さい頃から優等生と言われて来た。そのことに反発するより、これが自分に課せられた役割と、ひとつひとつまじめに応《こた》えてきた。時には窮屈さを感じることもあったが、両親や教師や友人の期待を裏切る方が、秋子にはもっと重荷に感じた。

中学までは公立に通ったが、高校は難関の私立進学校に入学した。国立の女子大にストレートで合格し、一流の商社に就職した。恋はいくつかしたが、危うい相手とラインを越えるようなことはなかった。結局、両親も諸手《もろて》を上げて賛成するような、会社の同僚だったエリートと結婚した。

誰の期待も裏切らずここまで来た。秋子を知る誰もが納得する人生だ。もちろん、秋子自身が自分に似合いの人生だと思っている。今の生活に疑問など感じたこともない。

昨夜から風呂《ふろ》の排水がうまくいかない。

排水蓋《ぶた》を開けてみたが、毛髪や石鹼滓《せっけんかす》がたまっているようなこともない。秋子はいつもこまめに掃除をしている。

翌日、排水工事の業者に連絡を入れると、午後になって男がひとりやって来た。

玄関のドアを開けたとたん、秋子は圧倒されたように、もっと言えば、恐怖にも似た感覚に包まれて、一歩後退《あとずさ》った。

大きな身体《からだ》の、まるで岩のような男が立っていた。

「排水修理のもんですけど」

男はぼそぼそと言い、面倒くさそうに頭を下げた。

「あの、お風呂の水が流れにくいんです……」

「風呂はどこですか」

「廊下の奥の右手に……」

男がスニーカーを脱いで、玄関から上がって来る。秋子は壁にぴたりと身体を寄せて、通路をあけた。汚れた作業服から、汗と下水の混ざった臭《にお》いがした。

三和土《たたき》に、踵《かかと》が踏み潰《つぶ》され、泥と汗が染《し》み込んだスニーカーが残されていた。それが秋子のサンダルにほんの少し触れている。その異質な二足の履物が並ぶ様子は、秋子をひどく落ち着かない気持ちにさせた。いつもなら客の履物はすぐに逆向きに揃《そろ》えるのだが、とても触れる気にはなれず、秋子は自分のサンダルだけを遠くに離した。

風呂場に行くと、男はすでに作業着の上を脱ぎ、Tシャツ姿で排水溝の中に手を突っ込んでいた。シャツを盛り上がらせている胸や、袖口《そでぐち》から覗《のぞ》く二の腕の太さが、それぞれ別の、獰猛《どうもう》で野蛮な生き物のように見えて、秋子はドアのところで立ち尽くした。

しばらくして、男が腕を引き抜いた。その手に、スポンジの固まりのようなものが摑《つか》まれていた。

「これが原因だね」

男がそれを差し出した。見覚えがある。風呂で遊ぶ時に使う梨佳のおもちゃだ。

「何で、そんなものが」

「子供ってのは、何をするかわからない」

秋子は男からスポンジを受け取った。男の腕にはパイプの汚れが張り付いている。そこに一本の縮れた毛を見つけ、秋子は震え上がるような羞恥《しゅうち》を覚えた。

男は気がつかなかったのか、こんなことには慣れっこなのか、コックを捻《ひね》ってシャワーを使い、腕の汚れを落としている。それから立ち上がって、指先から水滴をぽたぽた落としながら、秋子の前に立った。浴室の窓から差し込んでいた光が、男の身体に遮られ、秋子は濃い影に包まれた。

「奥さん」

呼ばれて、秋子は声を上げそうになった。

何かとてつもなく恐ろしいものが、男の身体から湧《わ》き出してきそうに思えた。腿《もも》の内側に、ざわりと鳥肌が広がった。

「悪いけど、タオルを貸してくれ」

男が言った。

「あ、はい」

秋子は弾《はじ》かれるように、慌《あわ》ててそれを用意した。

七時には梨佳に食事を与え、八時半にはベッドで休ませる。眠る前に、絵本を一冊読んでやる。幼い頃に物語を聞かせることは、脳の発達にとてもよいと聞いてから、毎晩それを欠かしたことはない。

夫の帰りはまちまちで、十時を過ぎることもめずらしくないが、よほどのことがない限り、秋子はいつも食事を待つようにしている。

食卓で向き合っていても、さほど話すことはないが、別段、不満に思うことはない。同じように、ベッドの中で行うことも間遠になり、たまにあっても淡々とした営みでしかないが、結婚して七年もたてばこんなものだと思っている。

週末は、近くの公園で親子三人で遊び、夕食は義父母の家でとるというのが習慣だ。三か月に一度くらいは、実家の両親の家に行く。手土産に、チーズケーキやマドレーヌを焼いて持っていくと喜ぶので、いつもそうしている。

もうすぐ幼稚園のバザーだ。この間の総会で、秋子はミニクッションを五個作る約束になった。近々、材料を買いに行かなければならない。そろそろ町内で廃品回収も行なわれる予定だ。たぶん、面倒がって人は集まらないだろうから、各家を回るのも、集まった新聞や雑誌を区別してまとめるのも、結局、班長の秋子が引き受けるしかないだろう。

どれも、面倒だなんて思ってやしない。自分に与えられた役割はきちんとやり遂げようと決めている。

子供の頃、いい娘であり、いい生徒であり、いい友人であることに励んだ。そうすることが自分に課せられた務めだと思っていた。結婚してからは、いい妻であり、いい嫁であり、いい母親であることに心を砕いている。それが自分の幸福に繋《つな》がっていると信じている。実際に、いい家庭を築き、いい人生を送っている。今の自分に、秋子は心から満足している。

生理が近いせいか、体調があまりよくない。

以前はそんなことがなかったのに、ここ最近、生理前は決まって頭痛やめまい、時には、吐き気を覚えることがある。

「秋子さん、頑張り過ぎなんじゃないの。きっとストレスがたまってるのよ」

同じ幼稚園に通う母親と話していて、そんなことを言われたことがある。秋子より三歳ほど年上の母親だ。

「もっと適当に手を抜いたら。さもないと心がおかしくなっちゃうわよ。最近、そんな人が多いって言うじゃない」

何だかちょっと嫌な気がした。

それからも眠りは浅く、特に明け方近くになると夢と現《うつつ》を何度も往復し、同じ数だけ寝返りを打たなければならなかった。薄ぼんやりしたものが頭の中を覆《おお》い、落ち着かない生き物が、身体のあちこちで蠢《うごめ》き出すような感覚に包まれることもあった。

不意に闇《やみ》の中から、強烈な男の匂《にお》いがした。荒い息遣いが耳のすぐそばで聞こえる。獰猛な腕と汚れた指が浮かび、かかとの履き潰されたスニーカーが、どういうわけか秋子のサンダルと絡《から》み合っている。それはひどくあからさまで、秋子は訳のわからない声を上げていた。

自分の声で夢から目覚めた。身体全体が粘っこい汗で湿っていた。同時に、後悔のような後ろめたさのような、ざらりとした感触が全身に張り付いていた。


朝は六時に起きる。

朝食の用意をしながら、梨佳の弁当を作る。すでに洗濯機は回っている。

七時になって、夫と娘を起こし、朝食を食べさせる。夫を会社に送り出した後、梨佳の登園の用意を済ませ、迎えのバスが来るところまで送ってゆく。

秋子は化粧のために鏡の前に立った。

ふと、自分の顔と向き合って首を傾《かし》げた。

「私、こんな顔だったかしら……」

それは唐突な違和感だった。

疲れているとか、少し老《ふ》けたとか、むくんでいるとか、そういうことではなく、もっと別の、強いて言えば、眉《まゆ》や目や鼻や口のパーツがいつもとは違う場所にあるという感じがした。

「ママ、くつした、ピンクの穿《は》いていい？」

梨佳の声に振り返った。

「いいわよ」

言ってから、聞いてみた。

「ねえ、今日のママの顔、おかしくない？」

梨佳は背伸びをして、顎《あご》を突き出すようにして秋子を眺め、ううん、と首を振った。

「いつもとおんなじだよ」

「そう」

頷《うなず》いたものの、どこか納得できないような気持ちで、秋子は化粧を終えた。

自宅から少し離れたショッピングセンターに車で行き、クッションの材料を買って、駐車場から出ようとした時、あの男を見た。

男は先日と同じ汚れた作業服を着ていた。獰猛さに変わりはない。男は自動販売機でペットボトルを買い、その場で飲み始めた。車の中の秋子からも、喉《のど》の突起が生き物のように上下しているのが見えた。

ふと、男がこっちを見た。

獲物《えもの》を見つけた獣に似た眼差《まなざ》しに、秋子は射られたように身を竦《すく》ませた。

車を発進させられずにいると、驚いたことに、男は車道を渡って秋子の車までやって来た。

ガラス窓の向こうから、男が覗き込んでくる。早く行かなければ、と思ったとたん、男は素早く助手席側に回り、ドアを開けて乗り込んで来た。「降りてください」震える声で秋子は言った。けれども男は聞こえなかったように、平然と「送ってくれ」と答えた。断らなければ。けれども、もしそれで男が逆上したら、何をされるかわからない。秋子は仕方なく車を発進させた。男は交差点が近づくたび、右へ、左へと指示をした。やがて行き着いたのは、幹線道路からはずれた人気《ひとけ》のない造成地の中だった。車を止めると、男はゆらりと身体の向きを変え、無言のまましかかって来た。器用にシートをリクライニングさせ、抵抗する秋子をものともせず、首筋に唇を這《は》わせ、ブラウスをたくし上げ、ブラジャーを剝《は》ぎ取って乳房を摑む。秋子は必死に逃れようとする。でも、叫んでも周りには誰もいない。荒い呼吸のせいでガラス窓は曇り、外が見えない。男の指はやがてスカートの中へ移り、奥へと伸びてくる。ごつくて汗じみた指が下着にかかる。そして容赦なく、指が最後の場所へと到達する。

……気がつくと、秋子はショッピングセンターの駐車場にいた。

いつの間に戻って来たのだろう。頭の中が混乱して、自分の身に起こったことがうまく理解できない。

後ろで、追い立てるようにクラクションが鳴った。秋子は我に返り、震える足でアクセルを踏んだ。


三日かけてバザーのためのクッションを作った。

今日は、他の母親たちと、幼稚園に作品を持ち寄った。ぬいぐるみに、お稽古《けいこ》バッグに、ランチョンマット、といった手作りの作品がテーブルに広げられた。

知り合いの母親が感心したようにクッションを手にした。

「これ素敵」

すぐにみなの視線が集まった。

「ほんと、お店に並んでいてもおかしくないわ」

「私が欲しいくらい」

そう言ってもらえると、苦労して作った甲斐《かい》があったというものだ。

「倉田さんって、何をしても上手なのね。手先が器用っていうか」

「前のお遊戯会の時の梨佳ちゃんの衣装、ほら森の妖精《ようせい》の、あれも手作りだったんでしょう」

「本を見て作っただけだから」

「お弁当も、いつもうちの子が羨《うらや》ましがってる。みんなの中で梨佳ちゃんのがいちばんおいしそうだって」

「倉田さんって母親の鑑《かがみ》ね」

「いやね、おだててももうクッションは作らないわよ」

笑って聞き流したが、明日から梨佳の弁当はもっと凝ったものにしなければ、と考えていた。

あれから、おぞましくもあの男が秋子の毎日に現れるようになっていた。

汗の匂いと、汚れた作業着、太くて獰猛な腕。

ベランダで洗濯物を干していると、不意に背後から抱きすくめられ、そのまま部屋に引きずり込まれる。買物帰りに公園のそばを通ると、腕を引っ張られて公衆トイレの中に押し込まれる。真夜中、隣には夫が眠っているというのに、布団《ふとん》の中に忍び込んでくる。

いつ何をしていても、もしかしたらあの男が現れるかもしれないと考えると、気の休まる暇がなかった。

夫に知られたらどうしよう。梨佳に気づかれたらどうしよう。もし、近所や、幼稚園の母親たちにバレたら……

それを考えて、背中を冷たい汗が落ちてゆく。

町内の廃品回収の日、予想はしていたが、やはり秋子が最後まで残って後片付けをする羽目になった。

公民館の部屋の一角には、新聞紙と雑誌が積み重なっている。ようやく作業を終えて、秋子は立ち上がり、ジーンズについた埃《ほこり》を両手で払った。辺りはすでに暗くなり始めている。梨佳は義父母に預けてあるが、早く帰って夕食の準備をしなければならない。その前にスーパーに寄って、などと考えていると、肩を摑《つか》まれた。

振り返ると、あの男が立っていた。

男はこんなところまで現れる。驚きの声を発する間もなく、男は秋子を引き寄せ、唇を重ねた。秋子は抵抗する。しかし、男の身体はびくともしない。

そのまま床に押し倒され、服を脱がされてゆく。

「やめて、やめて」

秋子は懇願する。

「お願いだから、もう許して」

秋子の泣き声に、男の手がわずかに力を緩めた。

「どうしてこんなひどいことをするの」

男はようやく口を開いた。

「あんたが呼んだからだろう」

「私が？　馬鹿《ばか》なこと言わないで。私がどうして」

「決まってる、俺にこんなことをして欲しいからさ」

「何を言うの、私がそんなことを望むはずがないじゃないの」

「自分の顔を見てみろよ、アレが好きで好きでたまらないって顔をしてる」

秋子は夜を背景にした窓ガラスに映る自分の顔を見た。

何ていやらしく、何て淫《みだ》らで、何て恍惚《こうこつ》とした顔をしているのだろう。

秋子は思わず顔をそむけた。

「私じゃない、そこに映っているのは私じゃないわ」

「間違いなくあんただよ」

「違う」

遮二無二首を振る。

「じゃあ、あんたの顔はどんなのだ」

「私の顔……」

けれども、思い出せない。私はいったいどんな顔をしていただろう。

男は嗤《わら》い、強引に秋子の身体《からだ》に入って来た。

苦痛と罪深さが入り混じり、秋子は呻《うめ》いた。蛍光灯の青白い光の中を、それは糸を引くように流れて行った。

……気がつくと、男の姿は消えていた。いつの間にか服も着ている。秋子は膝《ひざ》を抱えて小さくなった。

このままではいけない。このままでは、私はあの男に駄目にされてしまう。いい母親でも、いい妻でもなくなってしまう。どうすればいいのだろう。どうしたら、あの男から逃れることができるのだろう。

数日後、男がパチンコ屋に入ってゆくのを見た。

慌《あわ》てて踵《きびす》を返そうとして、秋子は足を止めた。どうせ男は追ってくるだろう。どこに逃げても、どこに隠れても、男は秋子を組み敷いて、欲望を遂げる。それはもう秋子の力ではどうしようもない。

けれども、パチンコ屋なら周りに大勢の人間がいる。何かあっても、大声を上げれば誰かがきっと助けてくれる。言わなければ。もう二度とあんなことはしないでと。そうでなければ、こちらにも考えがあると。

秋子は男を追ってパチンコ屋に入った。男はすぐに見つかった。秋子は隣の台に腰を下ろした。

座ったものの、何をどう言葉にすればいいのかわからない。秋子は戸惑いながら、男の隣で身体を硬くした。

やがて、男がちらりと視線を向けた。

「あんた、玉でも欲しいのか」

首を振る。男は再び打ち始めた。秋子は男の隣に座り続ける。男の太い腕や汚れた指や、履き潰《つぶ》されたスニーカーから目が離せない。

男が苛々《いらいら》したように、再び顔を向けた。

「いったい何なんだよ、言いたいことがあるなら言えよ」

言いたいことは山のようにある。けれども言葉が出ない。口を開くと、思いとはまったく別のことを言ってしまいそうな気がする。

「気味が悪いんだよ」

男はレバーを引いて玉をばらばらと箱に移し、肩を大きく揺らしながら、台から離れていった。

いつものように、朝六時に起きて、朝食と梨佳の弁当を作った。夫を送り出し、梨佳を迎えのバス乗り場まで送ってゆくために、秋子は鏡の前に座って化粧を始めた。

自分の顔への違和感は、ますますひどくなっていた。近頃では、向き合うと、そこに映っているのがいったい誰なのかわからなくなってしまう。

それでも、秋子は化粧を始めた。

自分の顔を作らなければならない。いい母親、いい妻の顔だ。秋子が知っている、秋子そのものの顔だ。間違っても、公民館のガラス窓に映ったような、あんな淫らでいやらしい顔ではない。

パウダーファンデーションをスポンジに取り伸ばしてゆく。それから慎重に眉墨《まゆずみ》で眉毛を描いた。少し自分に近づいたように思えた。アイシャドーを塗り、アイラインを引き、口紅をさす。最後に頰紅をつけた時には、ようやく見慣れたいつもの自分の顔が映っていた。

「ママ」

背後に梨佳がやって来た。

「今日は、ハートのくつしたでいい？」

「いいわよ」

言ってから、秋子は屈《かが》んで、梨佳と向き合った。

「ねえ、ママ、どう？」

「どうって？」

「いつものママかな」

梨佳が目を見開き、秋子の顔を眺めた。

「うん、いつものママだよ」

「そう、よかった」

秋子はほほ笑む。

「じゃあ、そろそろ幼稚園に行きましょうか。帽子を忘れずにね」

「はあい」

梨佳がそれを取りに居間に走ってゆく。

秋子は立ち上がり、もう一度、鏡を見た。

鏡の中から、穏やかに秋子が笑いかけている。それは紛れもなく自分の顔だった。しかし、その下にあるのは知らない誰かの顔だ。そして更にその下にあるのは、目も鼻も口もない、つるりと白いのっぺらぼうに違いない。けれども、もう秋子はそれほど不思議には思わなかった。

夜の舌先

地べたに敷かれた薄い布の上に、民芸品や工芸品、あるいはがらくたと呼んで差し支えない品々が並んでいる。

その中にある小ぶりの香炉に目が留まり、正子《まさこ》はしゃがんで指差した。

「それ、いくら?」

セブ島にあるささやかな繁華街の一本裏通りは、怪しげな露店が観光客目当てに店を広げている。ホテルで雇った女のガイドが、それをタガログ語に訳して、古木のように座っている老婆《ろうば》に尋ねた。

ルンコット、と、聞こえたように思えた。

「何て言ったの?」

ガイドが申し訳なさそうに通訳した。

「あなたは不幸ですね、と、言っています」

どんな顔をしていいのかわからず、正子は老婆を眺めた。老婆は香炉を手にして、再びタガログ語を口にした。

「この香炉が目に入ったのが不幸の証拠、と」

二度も不幸と言われて、さすがにむっとした。老婆がまた何か言った。少し遅れてガイドが訳す。

「この香炉には不思議な力があります」

「どんな？」

「不幸な人を幸せにするという」

「あら、そう。それは嬉《うれ》しいわね」

呆《あき》れながら答えた。

「ただ、幸せにするのは夢の中だけです」

「夢？ 寝ている時に見るあの夢？」

「ええ。これを使うとあなたの望む夢が見られるのです」

「じゃあ、絶世の美女になって、大金持ちと結婚するような夢も見られるわけ？」

ガイドが伝え、老婆は正子に向かって頷《うなず》いた。「それを望むなら」そんな目をしていた。

「ただ、夢を見るには必要なものがある」

老婆の声が、街中を漂う亜熱帯の空気と同じように耳にまとわりついてくる。

「何かしら」

「そうなりたい相手の髪の毛だそうです。その毛とあなたの髪の毛をしっかり結び、寝る前にこの香炉で燃やす。すると、夢の中でその人と結ばれる」

「それはそれは何と不思議な」

怪しげな老婆の怪しげな言葉など、苦笑するしかない。胡散臭《うさんくさ》い物売りがいかにも口にしそうな空言《そらごと》だ。

「香炉の値段は二千ペソ」

日本円で五千円ほどもする。もちろん高い。ものすごく高い。フィリピンでは月収が一万から一万二千ペソとガイドブックに書いてあった。セブ島なら、もっと安価なはずだ。ぼるつもりだな、と思ったとたん、見透かしたように老婆が言った。

「決して高くはない。この香炉があれば、あなたは夢の中で、素晴らしい幸せを手に入れることができるのだから」

ガイドのたどたどしい日本語が胡散臭さを倍増する。もしかしたら、このふたりはグルなのかもしれない。

香炉は黒水晶にも見えるが、もちろん、ただのガラスとも思われる。けれども、そのぬめりを帯びた輝きが、どういうわけか正子の心を捕らえた。溢《あふ》れんばかりのがらくたの中で、不思議なくらい、迷うことなく、その香炉に目が行った。

五千円はここでは確かに高い買い物だ。けれども、正子にとって痛い出費というほどでもない。せっかく勤続十五年のリフレッシュ休暇で、セブ島にまでやって来た。ぼんやり海を眺めるだけの毎日も悪くなかったが、何か記念になるような面白い買い物もしておきたい。そう思って、わざわざガイドまで雇い、夜の街に繰り出して来たのだ。明日はもう帰国の予定だ。記念の土産となるものが、怪しげな魔法の香炉というのも悪くないではないか。

「いいわ」

正子はどこか投げ遣《や》りな気持ちで財布を取り出した。老婆が満足そうな、しかし見方によっては、気の毒そうな目で、正子の手元を見つめていた。

「セブ島、どうでした？」

十日間の休暇を終えて、会社に出勤すると、一回り年下の後輩、真澄《ますみ》が無邪気にデスクまで擦り寄ってきた。

「よかったわよ。すごくリラックスできた。長い間、お休みありがとう。はい、これ。おみやげ」

正子はDFSの紙袋からマスカラを一本取り出し、手渡した。

「えっ、いいんですかぁ。すみませーん」

真澄は語尾を甘やかに伸ばしながらはしゃいだ声を上げた。

三年前、真澄が新入社員としてやって来た時、面倒を見たのが正子だった。世間知らずで、尊敬語と謙譲語の違いもわからない、ただ若いだけの真澄だったが、素直で無知なところが正子にも愛らしく見えた。ずいぶん助けてやったし、可愛《かわい》がって来たとも思う。

「休暇中、何か変わったことはあった？」

「いいえ、何にも。いつも通りです」

「そう」

「そうだ、一回、飲み会をやったんですよ。いつものごとく、課長の昔の自慢話を延々聞かされて、女性たちはお酌をさせられるっていうのです」

「それは大変だったわね」

「木原《きはら》さん、いなくて正解ですよ。それでその後、若い社員だけで、憂《う》さ晴らしにカラオケに行ったんです。みんな、すっかりはじけちゃいました」

その若い社員たちの中に、いつから自分は入れられなくなってしまったのだろう。もうあまりにずっと前、たぶん三十歳を過ぎた頃だ。誘われて、断われるうちが花とわかっていた。誘われなくなってしまう前に、それを実行しておいた。そうして、本当に誘われなくなった。

真澄が離れてゆくと同時に、課長が姿を現し、正子は席を立った。

「課長、休暇をありがとうございました」

「おお、今日からか」

「これ、ほんの気持ちです」

見慣れ過ぎた課長の顔を目《ま》の当《あ》たりにすると、つい先日までセブ島で海風に吹かれていたことなど、なかったことのように思えてしまう。

正子は細長い紙袋に入ったネクタイを差し出した。

「悪いね、じゃあ遠慮なくいただくよ」

正子は通信販売会社の食品課に在籍している。課長を含め総勢十四名。そのうち六名が女性で、八名が男性だ。女性たちには真澄と同じマスカラを配り、男性にはみなネクタイだ。

すべての課員ひとりひとりに渡して回り、最後に浅山《あさやま》のデスク横に立った。

「浅山さん、これ、よかったら」

「僕にまでいただけるんですか、どうもすみません」

浅山は一年ほど前にここに配属されて来た。年齢は二十八歳。仕事はできるが、どこかのんびりとした雰囲気を備えていて、そこが周りの好感を集めていた。

正子は自分の席に戻り、仕事を始めた。さすがに十日間も休むと、さまざまな雑事がたまっている。それをひとつひとつ片付けながら、時折、浅山の背に目をやった。

男性たちに渡したネクタイは、みな免税店のバーゲンのワゴンの中から選んだものだ。けれど浅山のだけは違う。その一本を決めるために、免税店の中を何度回ったろう。地味でもなく派手でもなく、それでいてセンスがよく上質なもの。そして、それが特別のものだということは誰にもわからない。


翌日、浅山とエレベーターで一緒になった。

「どう、似合います?」

浅山がネクタイに手をやる。正子はわずかに目を細めた。

「ええ、とっても」

「こんな高級なのをもらっちゃってすみません」

正子は首を振った。

「大したものじゃないから気にしないで」

エレベーターはすぐ目的の階に着き、浅山は降りて行った。


正子は想像する。

もし「お礼に何かうまいものでも食べに行きませんか」と浅山に誘われたらどうしよう。

もちろん、すぐ頷くような安っぽい真似《まね》はしない。

「しゃれた店を見つけたんだ。あなたを連れて行きたいとずっと思ってた」

そこまで言われて初めて頷く。

「じゃあ、お言葉に甘えようかしら」

そうして、同僚たちに見つかりそうもない喫茶店で待ち合わせ、レストランに向かう。

席に着けば、まずはワインで乾杯し、ふたりで顔を寄せ合うようにして料理を選び、それがテーブルに並べられると、互いにシェアする。ゆるゆると酔いが回り始め、昂《こう》揚《よう》した気分が緊張を解きほぐすと、時折、テーブルから身を乗り出したり、くすくす笑ったり、上目遣いをしたり、テーブルの下で偶然のように膝《ひざ》を触れ合わせたりする。食事を終えて外に出れば、酔いにかこつけて手をつなぎ、いつの間にか迷い込んだようなふりをして、人の途切れた暗闇《くらやみ》に足を踏み入れる。ふいに体を引き寄せられ、キスされる瞬間。唾液《だえき》が持つ生温かさはすべての体液の中でいちばんいやらしい。したい、と浅山が耳元で言う。戸惑うふりをして、浅山の欲情をいっそうそそるようにする。もうすっかり濡《ぬ》れているのに、私には性欲なんてありません、という顔をする。そのくせ、胸は浅山の体に押し付けている。適当なラブホテルに入るまで、浅山は逃がさないとばかりしっかり手を握っている。正子は、隙《すき》あらば逃げ出したい、というポーズを取り続ける。それは女の武器のひとつでもある。部屋のドアを開ける時の、あのどこか後ろめたいような感覚。あれはもう性的快感と呼んでいいはずだ。ドアを閉め、すぐに抱きすくめようとする浅山に「待って」と呟《つぶや》くのは、女の男に対するひとつの前戯のようなもの。それでも性急に求められれば、受け入れることに何の支障もない。ショーツの中に滑り込んでくる浅山の指はもうためらいを捨てている。恥毛を分け入って、小さな突起を難なく探し当てる。そしてその硬さを確認し、浅山は安心して正子の服を脱がし始める。シーツの冷たさに肌がわずかに粟立《あわだ》つことを気にしながら、浅山のキスを体中に受ける。浅山の舌が完璧《かんぺき》な動きをした時、正子は、初めて我を忘れて声を上げる。早く入れたがる浅山をどこまで焦《じ》らせるか。それはベッドの上の駆け引きでもある。やがて焦れた浅山が正子を裏返しにする。腰を引き寄せられ、ペニスがそこを探し当てるまでのあの僅《わず》かな時間……。

「木原くん」

課長に呼ばれ、正子はパソコンの画面から顔を上げた。

「はい、何でしょうか」

「先月の売上げ一覧表をプリントアウトしてくれないか。三部ね」

「わかりました」

正子はマウスを操ってデータを探しながら、机の下でゆっくり足を組み替えた。

セックスなんてもう何年もしていない。最後に付き合っていた恋人は、すでに二人の子供の父親になっている。

今は、男もなく、仕事だけが毎日を支える、中年に差し掛かった、美しくもない、地味で冴《さ》えないだけの女である。しかし、そんな正子にも華やいだ時期というのが確かにあった。それなのに、気がついたら、自分の回りから男の気配が失われていた。もう誰も正子を見ないし、誰も正子に欲情しない。

「はい、三部です」

正子は課長の前に前月の売上げ一覧表を差し出した。

「うん、ありがとう。それからこのネクタイ、早速させてもらっているよ」

課長が少し胸を反らした。

「お気に召しましたか」

そんなネクタイだったかと思った。

「お礼に、今度、飯でも奢《おご》らなくちゃいけないかな」

課長が正子の反応を窺《うかが》うような視線を向ける。その肩に散らばったフケや、鼻の頭の開いた毛穴や、汚れた歯や、口臭を、自覚しないでいることを少しも恥じ入らない人間がいる不思議を思う。

「どうぞ、お気遣いなく」

軽く頭を下げて、席に戻った。

正子に興味を示すのは、もう男じゃなくなった男ばかりだ。そんな男に、範疇《はんちゅう》の女、と思われることほど正子を身震いさせるものはない。

浅山と真澄が付き合っているらしい、と聞いたのは、ランチタイムに真澄よりさらに若いふたりの女性課員と、たまたま会社近くのレストランで同席することになった時だ。

「どうやらこの間の飲み会で、そんな感じになったらしいですよ」

三人の前には、シェフのお薦めランチが並んでいる。

「そう、木原さんの休暇の時ですよ」

「二次会のカラオケの後、ふたりでしっかり消えちゃって。次の日、いつの間にかはぐれたなんて言ってたけど、あれは確信犯よね」

正子はほほ笑みながら聞いている。

「浅山さんなら、手堅い相手よね」

「真澄さんも決める時は決めるから」

サラダのレタスがなかなかフォークに刺さらなくて正子は少し苛々《いらいら》した。

「真澄さん、結婚願望が強いから、意外とすんなりゴールインしちゃったりして」

「そうね、さすがの浅山さんも押し切られるかも」

そんな話に心揺らされるはずもない。たとえ浅山の相手が真澄でなくても、入れ替わるのは真澄と大して変わりはない誰か、この目の前のふたりのどちらかであっても不思議はない。所詮《しょせん》、自分にはまったく関係のない出来事だ。

若い頃にはいくつか恋をして、時には結婚も申し込まれた。けれど、どれもうまくいかなかった。うまくいかなかった理由なんてわからない。タイミングが合わなかったとも、相性がよくなかったとも、自分に正直だったとも言える。きっといつかいい人が現れる。そんな言葉が胸の底で濁り始めた頃は、もう正子に心を向ける男などいなくなっていた。

勘違いする女にだけはなりたくなかった。僻《ひが》む女にも、卑屈な女にも、媚《こ》びる女にも、横柄《おうへい》な女にも。もちろん、頑張っている女にも、疲れきった女にも。そうしたら、どんな女になればいいのかわからなくなった。ただそこにいるだけの、時にはいることさえ忘れさられる、会社の備品のような女になっていた。

数日後。

帰り際《ぎわ》、まだ仕事をしている浅山の横を通り過ぎる時、

「あら、ゴミ」

と、正子はスーツの肩に手を伸ばした。

「あ、どうもすいません」

浅山が無邪気な笑顔を向けた。

正子は素早くそのゴミをポケットの中にしまい込んだ。

浅山は今日も正子がプレゼントしたネクタイを締めている。最近、週に一度はそのネクタイだ。

いつものように地下鉄に乗り、アパートの近くのスーパーで買い物をし、戻って簡単な夕食を作った。ひとりで食べて、風呂《ふろ》に入り、缶ビールを飲みながらテレビを観《み》る。いつもの夜の過ごし方だ。テレビは少しも面白くない。

正子は立ち上がり、掛けてあるスーツのポケットから「ゴミ」を取り出した。五センチほどの黒く、艶《つや》のある髪。浅山の髪の毛だ。

それからチェストの上に置いてある、セブ島で買った香炉を持って来た。

あんな怪しげな老婆《ろうば》の言葉など、信用する気などもちろんない。暇つぶしにちょっと試してみるのも悪くない、その程度の気持ちだった。

「ほんとに馬鹿馬鹿《ばかばか》しい」

呟きながら、正子は自分の髪を一本抜き、浅山の髪と結んだ。

「まったく、私もヒマね」

何か口にしなければ、つい我を忘れて作業をしてしまいそうな気がした。

香炉の蓋《ふた》を開け、絡《から》んだ二本の髪の毛を入れ、火をつける。ジッと、焦《こ》げ付く音と匂《にお》いが思いがけないくらいの主張を持って部屋に広がってゆく。

「ああ、くだらない」

燃え尽きた髪の毛をしばらく眺め、正子はため息をついた。


「ずっと好きだった」

「そんな、浅山くん……」

「会社でも、あなたのことばかり見ている」

「いけないわ」

「でも、僕はもう、自分の気持ちを抑えられないんだ」

「あなたには真澄さんがいるじゃないの」

「どうして彼女なんかと付き合ったのだろう。きっと、悪い夢を見てしまったんだ」

「真澄さんはいい子よ、浅山くんとお似合いだわ」

「意地悪を言わないで。僕が好きなのはあなただけだ」

「うれしいわ。でも落ち着いて。私はあなたより九つも年上なのよ。あなたにふさわしくない女だわ」

「年なんか関係ない。僕にはあなたしかいない。あなたが必要なんだ。愛してる。あなたが欲しい」

「いけないわ、浅山くん、やめて、その手を放して」

「いいや、放さない。もう我慢できない」

「あ、そんなこと……」

「ここをずっと触りたかった」

「やめて……」

そんな夢を見たからといって、香炉のせいとはとても思えない。そんなことがあるはずがない。あんな胡散臭《うさんくさ》い老婆の言葉など誰が信用するだろう。所詮、夢など気紛れなものだ。たまたま、本当にたまたま、そんな夢を見た。きっと儀式めいたことをしたのが、妙に頭に残っていたのだろう。

それでも、悪くない夢であったことは確かだ。目覚めた時、まだ浅山の指の感触がはっきりと残っていた。ショーツにも体の反応の証《あかし》がしるされていた。

シャワーを浴びてから、正子は洗面所の鏡に映る自分と向き合った。現実は容赦ない。そこに映っているのは紛れもなく、もう若くも美しくもない、素顔の自分だ。

「これじゃ、欲求不満の女だわ」

笑ってみたが、それを笑顔とは呼べなかった。

次の日の夜、夢に浅山は出て来なかった。

その次の日も、そのまた次の日も、まったく姿を現さなかった。一週間たっても十日たっても同じだった。

ベッドに入る前、散々、浅山のことを考える。夢の中でしたすべてのことを思い返し、ほとんど妄想のような想像を巡らせる。

なのに、夢はあっさり期待を裏切り、どうでもいいような映像ばかりが浮かんで消えた。目覚めると、まるで貴重な時間を無駄にしてしまったような気持ちになり、腹立たしさに包まれた。

正子はチェストの上に置いてある香炉に目をやった。あの老婆の空言が、頭の隅で繰り返されている。まさかと思う。そんなことなどあるはずがない。

髪の毛など、簡単に手に入りそうに思えたが、実際には難しい。

背広の肩に、そう何度も「あら、ゴミ」と手を伸ばすわけにもいかない。仕方なく、他の社員が来る前に出社して、浅山のデスク周りを調べてみた。けれども目に留まるのは、長くて茶色い女性のものばかりだ。

ようやくレザー張り椅子《いす》の背もたれの縫い目に絡みついた短い毛を発見して安堵《あんど》した。正子はそれを大事にティッシュに包み、ポケットにしまった。


「会いたかった」

「私もよ」

「ずっとあなたのことばかり考えていた」

「私だって同じだわ」

「早く、あなたとしたい」

「そんなこと……いけないわ」

「どうして」

「あなたには真澄さんがいるのよ」

「彼女のことなんかどうでもいい。お願いだ、ふたりの時はふたりだけの話をしよう」

「ええ、そうね……あ、そんな……ふたりの話をするんじゃないの……」

「僕たちの話は体でするんだ。きれいな体だ。こんなきれいな体は見たことがない」

「そんなに見ないで、恥ずかしい」

「ああ、乳首がこんなに尖《とが》ってる。僕の舌先はどう？」

「もう最高よ、とろけそう」

「じゃあ、もっと気持ちよくさせてあげる」

「あ、そこは……」

「何もかも舐《な》め尽くしたい。あなたの体のすべてを、僕の舌で覚えたいんだ」

朝、目覚めて、正子はチェストの上にある香炉に目をやった。

あの老婆の言ったことは空言ではなかったのだ――。

それからというもの、正子は毎日、誰よりも早く出勤するようになった。

髪の毛はすぐには見つからない。けれども、この机を使って浅山が仕事をしている限り、髪の毛がこの辺りに落ちる可能性は大だ。

毎日毎日、正子は根気よく探し回った。机の上はもちろん、下まで潜り込む。椅子のレザーの縫い目の他にも、螺子《ねじ》の差し込んである部分まで丹念に調べる。けれども、髪の毛は見つからない。

引き出しを開けると、ボールペンが重なった受け皿の底に、ようやくそれらしいものを見つけた。正子はそれを摘《つま》み上げた。紛れもなく髪の毛だ。色といい長さといい、浅山のものに違いない。


「ねえ、私にさせて」

「いいのかい」

「もちろんよ、私もあなたのすべてを舌で覚えたいの……どう、気持ちいい？」

「ああ、すごくいい、たまらない」

「可愛《かわい》いわ、愛してるわ」

「もう駄目だ、このままだと、僕は」

「いいの、そうして。私がみんな飲み込んであげる」

「そんな、そんな」

「さあ、いって」


近頃、正子を見る浅山の目に、ためらいのような戸惑いのような、困惑めいたものを感じるのは思い過ごしだろうか。

今日もファイルを手渡す時、ほんの少し指先が触れただけなのに、浅山はひどく狼《ろう》狽《ばい》し、落としてしまった。パソコンからふと目を上げると、慌《あわ》てて顔をそむける様子を見ることもある。

まさか。

いや、あるはずもない。浅山は正子に興味を抱くどころか、ほとんど意識していない。正子が浅山の夢に現れるはずがない。

けれども、こうも思うのだ。

時折、とんでもない誰かと、とんでもないことをしでかしている夢を見ることがある。何をどう考えても、どうしてその男なのかわからないし、自分がその男とどうしてそんなことをしているのかもわからない。それでも、どういうわけか、夢の中ではその男とそうなっている。目覚めた時の、あの不可解で理不尽な思い。なぜ？　という疑問だけが夢の落し物のように残される。

その夜、夢の中に浅山は現れなかった。

今朝、机の下に潜り込んで、やっと見つけた浅山の髪の毛を、いつものように眠る前、香炉の中で燃やした。なのに、待っても待っても、浅山は現れなかった。

やはり空言だったのか。今までは、たまたまうまく合致しただけなのか。

ベッドで宙を眺め、落胆しながらも、どこかほっとした思いもあった。

ところがその日、出勤してきた浅山が同僚に告げた言葉に、正子は体を鷲掴《わしづか》みされたような気がした。

「ゆうべ、得意先の人に徹夜マージャンに付き合わされてさ。一睡もしてなくて、今日はもうぼろぼろだよ」

浅山は眠っていなかった。だから、正子の夢に来られなかったのだ。


「もっと、もっとよ」

「ああ、この気持ちよさは他の誰とも味わえない。あなたとだけだ」

「あなたのそれと、私のここは、まるで誂《あつら》えたようにぴったりだわ」

「あまり気持ちがよすぎて、頭がどうにかなってしまいそうだ」

「あなたのためなら何でもできる。私を好きにして」

「僕もだよ。僕をどんなふうにしてくれても構わない。あなたのために、僕はここにいるんだ」

「あなたをもう離したくない。離れられない」

「もちろんだ。僕だってあなたから離れられるわけがない。ずっとこうしていたい」

そんな時期でもないのに、異例の人事異動が発表された。

右肩下がりが続く経営状況に会社はさまざまな決断を下したようだった。当然ながら、正子の所属する食品課にもその波は大きく打ち寄せた。

浅山が海外勤務に決まったのだ。ロンドン営業所。異例の抜擢《ばってき》だった。課長が課員たちの前でそれを報告すると拍手が沸き起こった。その拍手が終わらぬうちに、課長は付け加えた。

「実は、このことがきっかけで、浅山くんと元井《もとい》くんが結婚することになった。ロンドン営業所には、ふたりで旅立つというわけだ」

課員たちが、ふたりに冷やかしの声を掛けている。浅山と真澄が照れながらそれに応《こた》えている。

幸せそうな浅山の表情。でも、もっと幸せな顔を正子は知っている。

「それから、木原くんが倉庫管理部に異動になった」

息をひそめるような短い沈黙があった。すでに課長からそのことは聞かされていた。

正子は黙って頭を下げた。

「木原くん、長い間本当にご苦労さんだったね。それぞれ、道は違うがこれからも会社のために頑張ってくれ」

倉庫管理部がどんな場所か誰もが知っている。何かあると「そんなことじゃ倉庫管理部にとばされるぞ」と、冗談混じりに交わされるような部署だ。そこに配置されると、ほぼ半年後には退職勧告をされる。それが通例となっている。正子はリストラの対象にされたのだ。

今日でこの課に出勤するのは最後、という日、浅山が挨拶《あいさつ》にやってきた。

「いろいろお世話になりました」

正子は机の中を片付ける手を止めて、顔を上げた。

「いいえ、こちらこそ。海外営業所勤めなんて花形ね」

「ろくすっぽ英語もできないので戦々恐々です。木原さんも、あの、いろいろ大変だろうけど頑張ってくださいね」

「ありがとう、やさしいのね」

「木原さんと話をすることあまりなかったですけど、何て言うか、あの」

「あら、どうかした?」

浅山の頬がわずかに紅潮しているように見えた。

「いえ、何だかすごくお世話になってしまって」

「世話？」

「いや、別に深い意味じゃ」

正子はほほ笑んだ。

世話だなんて。私と夢の中で、これ以上はないというくらいの淫《みだ》らなセックスを繰り返しているくせに。

けれど、浅山がロンドンに行ってしまえば、もう髪の毛は手に入れられない。

「結婚式はいつ？」

「今月の二十日です。急なので、身内だけで簡単に済ませることにしました。翌日にはもう日本を離れます。真澄も、木原さんには本当にお世話になったみたいで、よくお礼を言ってくれと言われてきました」

真澄は十日前、豪華な花束と派手な祝儀《しゅうぎ》袋を手にして、寿《ことぶき》退社していった。

「いいのよ、気にしないで。お幸せにね」

「ありがとうございます」

「ところで浅山くん、そのネクタイ、よく似合ってる」

浅山はネクタイに手をやった。

「ああ、これですか。そうですか、大したものじゃないですよ」

照れたように浅山が言う。浅山は、これが正子から贈られたということをもうすっかり忘れている。

「じゃ、これで」

浅山が背を向けたとたん、正子は椅子を蹴《け》るようにして立ち上がり、浅山の頭に手を伸ばした。

「痛っ」

浅山が振り返る。

「ごめんなさい。髪に何かついてるように見えたの。気のせいだったみたい。ちょっと抜いちゃった？」

「いえ、いいんです」

「じゃあ本当に、お元気で」

正子の手には確かに一本、浅山の髪の毛が摑《つか》まれていた。

部屋の整理はすべて済ました。

するべきことはみんなした。

部屋の中はがらんとしている。ほとんどの家財は処分した。もう、何もいらない。必要なのはベッドと香炉だけだ。それがあればすべてがうまくいく。

明日、浅山と真澄の結婚式が行われる。きっともう、浅山はベッドに入っているだろう。もしかしたら、隣には真澄が眠っているかもしれない。けれど、そんなことは構わない。真澄は正子の夢の中には来られない。

正子は白い粒を口に含んだ。何日もかけてあちこちの病院を回り、少しずつ手に入れた錠剤だった。インターネットを使って取り寄せたものもある。白い粒はとても清潔に見えた。奥歯で嚙《か》み砕くと、乾いた心地よい音が耳に伝わった。

もう何錠口に入れただろう。意識に薄い膜がかかり始めている。夢の指先が、やわやわと正子をいざなっている。

最後の一錠を飲み下すと、正子は自分と浅山の固く結びついた髪の毛を、香炉の中に落とした。火をつけると、一瞬、小さなオレンジ色の炎が浮かんだ。

正子は混濁し始めた意識で、這《は》うようにベッドに入った。そうして、待ちきれない約束を果たすかのように、ゆっくりと目を閉じた。

「ああ、たまらないわ、もう気が狂いそう」

「僕もだ、何てすごいんだ。気持ちよくて、どうにかなってしまいそうだ」

「もっと深く、もっと強く」

「あなたのあそこは、僕のためにある」

「そして、あなたのそれは、私のためだけにあるのよ」

「そうだ、他の誰ともこんな気持ちよくなれるはずがない」

「あなたのためなら何でもできる。どんな恥ずかしい格好も」

「だったら、上に」

「ええ、もちろん」

「あなたを下から見るのが好きなんだ。きれいな顎《あご》と、揺れる乳房が見える」

「すごいわ、あなたのが心臓まで届きそう」

「いつまでも、果てることなく、あなたとこうしていたい」

「ええ、そうね。私もそうよ」

「なのに、何か面倒な約束があるような気がするのは何故《なぜ》だろう」

「いいえ、それは気のせいよ。そんなものがあるはずないわ。この世には、あなたと私しかいないのだから」

「ああ、そんなにきつく締めないで。僕は、僕は……」

「あなたをもう、どこにもやらないわ。ふたりでずっとここにいるのよ。大丈夫、もう目が覚めることはないから。あんな世界にあなたを決して戻らせない。私たちはここで、永遠にまぐわい続けるの、そう永遠に、果てることなく」

解説

窪美澄

どんなにベテランの作家でも、これから生まれて初めて小説を書こうと思っている人でも、エロティックなシーンを書こうとするとき、「こんなことを書いちゃっていいの？」「こんなことを書いて、まわりからヘンな人と思われない？」と、そんな葛《かっ》藤《とう》が多少なりともある、と思う。

自分の心の底の底。誰にも見せたことも語ったこともない性への思い。ごく普通の羞恥心《しゅうちしん》を持った人間なら、それを直視すればするほど、恥ずかしさが生まれる。そして、その度合いが大きければ大きいほど、過剰にエキセントリックだったり、シュールだったり、装飾的な言葉がてんこ盛りだったりと、性に対する距離感がうまくつかめないまま、自意識過剰な文章ができあがってしまう（私が書く小説のように・泣）。

唯川恵、という稀代《きたい》のストーリーテラーが紡《つむ》ぐこの短編集『とける、とろける』には、性を扱う小説が持つべき最適な温度、読者との距離感、物語の最後まで保たれているべき品、そのすべてが含まれている。一言で言えば、エロティックな小説が内包すべき「心・技・体」、そのバランスが絶妙なのだ。

登場人物のほとんどは、今朝、通勤電車の席で隣り合ったような、マンションのエントランスですれ違ったような、特別な印象を持たない、ごく普通の人たち。どの物語も、過剰な緊張感を与えないまま滑らかに始まり、読者を物語の中心へと誘っていく。しかし、突如あらわれる、砂を嚙《か》んだようなザリッとした感触を残すシーン。そこで初めて、読者は予想外の物語の深みにはまりこんでしまっていることに気づく。

例えば、冒頭の「来訪者」。

偶然スーパーで出会った学生時代の友人。専業主婦である主人公・博子《ひろこ》は夫の浮気に悩み、セックスもないまま、空虚な毎日を送っている。それに比べて、公務員と結婚した友人・美里《みさと》は夫から大事にされ、とても幸せそうに見える。自分のみじめさを嘆く博子。自宅に遊びに行けば、美里の夫は二時間おきに電話をかけてくる。「まるで監視されているみたいね」という博子の言葉を素直に認める美里。しかし、美里のこんな一言で物語は急展開を見せる。

「私、恋人がいるの」

博子は思わず美里の顔を見直した。

「彼がいるから、夫にあんなに束縛されても、こうして平静に暮らしていられるの」

美里の目の焦点がわずかにずれ、弛緩《しかん》したように濡《ぬ》れてゆく。(「来訪者」)


物語のラストシーン。博子のもとにもやってくるようになった彼／来訪者とは、いったい誰／何者、なのか。ひたひたとやってくる恐ろしさ。いつのまにか読者は岸から遠く離れ、足のつかない冷たい海に連れてこられてしまったことを知るのだ。

ひやりとした感触を残すラストシーンは、「契《ちぎ》り」「永遠の片割れ」といった作品でも、ナイフの切っ先のように鋭く光る。心だけでなく体もぴたりと合うはずの運命の人、自分の「片割れ」を求め(見つけて)翻弄《ほんろう》される主人公たちは、めくるめく快感とともにこんなセリフを吐く。


(中略)自分の身体《からだ》にある空洞の、襞《ひだ》のひとつひとつまで一分の隙《すき》もなくぴたりと合う、こんなペニスを持つ男がいるなんて奇跡としか思えない。

私たちは間違いなく、もとはひとつの身体であったのだ。(「永遠の片割れ」)

新田のペニスが入って来た時、圭子は今までにない感覚を覚えた。ヴァギナとペニスは寸分の隙間もないほどにぴたりと納まり、快感というよりも、もっと別の、たとえて言うなら、死を共にするような満ち足りた感覚だった。(「契り」)

生殖を伴わない性が向かう先。

自分や他者を崩壊させることでしか到達できない快楽の極みへと、登場人物たちは迷うことなくのぼりつめていく。エロスの裏側に存在するタナトス。生きる情熱と同じくらいの熱量で、死へも向かってしまう人間という生き物を、作者は短編のなかで描ききってしまう。息切れもせずに。

また、「対等」「なんでも半分」といった、女性が男女関係で抱きがちな価値観も、作者はばっさり斬《き》っていく。例えば、夫を奪っていった愛人が妻に投げかけたこんな言葉で。これを読んで、胸のどこかがちくりとしない女性はいないだろう。

自分が上になったら、次は先生が上になる。クンニをしたらフェラをされる。縛ったら縛られて、アナルを攻めたら、攻められる。いつもそんな感じで、もううんざりだって。こんなところにまで対等を持ち込むなんて、セックスを知らないいって。(中略）男の前で、対等を意気がる女って、結局、女のいちばんおいしいところを味わえないまま終わってゆくんじゃないかしら。（「みんな半分ずつ」）

女性が描くエロティックな小説は「見せすぎてしまう」ものも少なくない。それも恥ずかしさゆえのポーズ、なのだと思うが、女性が読めば「わかるわかる！」という描写でも、男性にとっては「知りたくなかった……」というシーンも多いだろう。露悪的にならずに、しかし、ちらりと、女性の秘密を打ち明けるこんなシーンでも、作者はその力量を思う存分に見せつける。

（中略）もうすっかり濡れているのに、私には性欲なんてありません、という顔をする。そのくせ、胸は浅山の体に押し付けている。（中略）正子は、隙あらば逃げ出したい、というポーズを取り続ける。それは女の武器のひとつでもある。部屋のドアを開ける時の、あのどこか後ろめたいような感覚。あれはもう性的快感と呼んでいいはずだ。ドアを閉め、すぐに抱きすくめようとする浅山に「待って」と呟《つぶや》くのは、女の男に対するひとつの前戯のようなもの。それでも性急に求められれば、受け入れることに何の支障もない。（「夜の舌先」）

「唯川先生、それは秘密のままにしておきましょー！」と思わず突っ込みを入れたくなるが、男性読者にとって、これはたまらないシーンなのではないか。『とける、とろける』の単行本のサイン会には、平日の夕方にもかかわらず、たくさんの男性が駆けつけた、というウワサを耳にしたことがあるが、そのモテっぷりの秘密がわかったような気がする。

最後になってしまったが、9編のなかで私が特にズキンときたのは、「スイッチ」という作品だ。「今時めずらしいダサい事務のおばさん」千寿《ちず》と、「女性社員たちからの評価は低い。低いと言うより、無視されている」尾野《おの》という、さえない二人。だが、千寿も尾野も、初めて会ったときから、自分の快楽のスイッチを押す相手なのだと確信する。下落合のラブホテルでくり返される激しく大胆なセックス。二人がセックスの前に食す、噛む必要がないほど柔らかく、舌の上で崩れていく「煮穴子」など、小道具の使い方も絶妙だ。

だが、既婚者である尾野は脳出血で倒れ、千寿と尾野は二度と会うことなく、物語は千寿のこんなセリフで幕を閉じる。

またいつかスイッチを入れる男とめぐり合う時が来るだろうか。
来ても来なくても、それで自分は幸福にも不幸にもならない。
私は私であり続ける。
そのことに、千寿は深く安堵《あんど》する。(「スイッチ」)

子どもの頃からひとり遊びが好きで、学校では周りから浮かないように努力し、人並みに恋愛もセックスもしたけれど、「いつもサイズの合わない靴を履かされているような気持ちだった」千寿。「就職し、ひとり暮らしを始め、ようやく自分のいちばん寛《くつろ》げる生活を手にすることができた」とつぶやく。貪欲《どんよく》に上を目指すのではなく、他人から見れば変化のない今の生活に満足し、自分の快楽のスイッチを押す尾野に対する感情も、あまりに淡々と描かれているからこそ、とける、とろけるセックスの先に見え隠れする、せつなさや哀《かな》しさが浮き上がってくる。
粘膜と粘膜とがとけてしまうようなセックスの先にすら、ふたつの魂は決してひとつになることはない。その答えに見て見ぬふりをして、「私」だけの価値観を優先させた、心地いい生活の先に見えるほの暗さ。おせっかいな千寿の友人・佑子《ゆうこ》でなくても、「将来のことを考えると、不安になったりしない?」と、言いたくもなる。

だが、他人や世間の価値観にまるで左右されず、恋愛でも「答え」を追求しない千寿の生き方は、賢いとも言えるだろう。恋愛をしていても、結婚をしていても、孤独や絶望といった暗い深い穴は、自分のすぐ足下に、意外に簡単に見つかってしまうのだから。

だからこそ、「私は私であり続ける。そのことに、千寿は深く安堵する」と、まるで自分自身に宣言するかのようなこの言葉が、ひりひりと胸に刺さる。私が、「私」のまま、どこまで行けるのか。それはすべての現代女性が抱える、病と課題でもあるから。

どの物語も、連なる言葉はシンプルだが、味わいは限りなく深い。上質なビターチョコレートを舌の上で溶かすように、時間をかけて味わってほしい。

（二〇一〇年九月、作家）

この作品は平成二十年三月新潮社より刊行された。

唯川恵著
ため息の時間
男はいつも、女にしてやられる――。裏切られても、傷つけられても、性懲りもなく惹かれあってしまう男と女のための恋愛小説集。

唯川恵著
人生は一度だけ。
恋って何？　愛するってどういうこと？　友情とは？　人生って何なの？　答えを探しながら、私らしい形の幸せを見つけるための本。

唯川恵著
100万回の言い訳
恋愛すると結婚したくなり、結婚すると恋愛したくなる――。離れて、恋をして、再び問う夫婦の意味。愛に悩むあなたのための小説。

唯川恵著
だんだん
あなたが遠くなる
涙、今だけは溢れないで――。大好きな恋人と大切な親友のため、萩が下した決断は。悲しみを糧に強くなる女性のラブ・ストーリー。

唯川恵著
恋せども、愛せども
会社員の姉と脚本家志望の妹。郷里の金沢に帰省した二人は、祖母と母の突然の結婚話に驚かされて――。三世代が織りなす恋愛長編。

唯川恵著
22歳、季節が
ひとつ過ぎてゆく
征子、早穂、絵里子は22歳の親友同士。だが絵里子の婚約を機に、三人の関係に変化が訪れる――。恋に友情に揺れる女の子の物語。

とける、とろける

新潮文庫　ゆ－7－13

平成二十二年十一月一日発行
平成二十四年十一月十五日八刷

著者　唯《ゆい》川《かわ》恵《けい》
発行者　佐藤隆信
発行所　株式会社新潮社

郵便番号　一六二—八七一一
東京都新宿区矢来町七一
電話　編集部(〇三)三二六六—五四四〇
　　　読者係(〇三)三二六六—五一一一
http://www.shinchosha.co.jp

価格はカバーに表示してあります。

乱丁・落丁本は、ご面倒ですが小社読者係宛ご送付ください。送料小社負担にてお取替えいたします。

印刷・大日本印刷株式会社　製本・憲専堂製本株式会社

ISBN978-4-10-133433-2 C0193